ダニーの学校大革命《かくめい》

ラッシェル・オスファテール／作　ダニエル遠藤みのり／訳

風川恭子／絵

もくじ

ラッシェル・オステファール（Rachel Hausfater） **作家**

1955年、フランスのパリ生まれ。戦争の傷跡が残る時代ながらも、幸せな少女時代を過ごす。波乱に満ちた青春時代、そして、いろいろな職業を経験したのち長い旅に出る。ドイツ、アメリカ、イスラエルなどで暮らす。現在はパリ在住。パリ郊外ボビニーの中学校で英語を教えている。3人の子どもたちのために作られた絵本をはじめ、小さな児童たちから思春期の生徒たちのための本が、すでに20冊以上出版されている。

ダニエル遠藤《えんどう》みのり **訳者**

1967年、鹿児島県指宿市生まれ。鹿児島女子短期大学卒。東京で日本語教師養成の研修後、外国人に日本語を教える。1989年から1994年までニューカレドニアで、その後1年はセネガルで暮らす。1995年よりフランス在住。翻訳作品に『サトウキビ畑のカニア』〈くもん出版〉、『ジャコのお菓子な学校』『ジジのエジプト旅行』『わたしは忘れない』（文研出版）がある。

風川恭子（かぜかわ・きょうこ） **画家**

広島県生まれ。京都芸術短期大学卒業。作品に『車いすからこんにちは』『ともだちともだち一ねんせい』（あかね書房）、『おれたちはステップブラザー』（大日本図書）、『わたしのママは大学生』『月からきたラブレター』（小峰書店）、『イガイガサボテンへのかっぱ』（国土社）、『ジャコのお菓子な学校』『ジジのエジプト旅行』『金曜日がおわらない』（文研出版）など多数ある。

ダニーの学校大革命《かくめい》

1　どう思う？

「……の……になった人は、……の代表として……推《すい》せんのスピーチも……大事な一票を……。」

むにゃむにゃ。だれかがしゃべってる？　もうちょっと静かにしてほしいよ。朝早くに起こされて、なんとか学校にたどりついた。気持ちよくうとうとしてるところに、そんなわけわからない話は聞きたくないなあ。

夏休みは終わったばかり。まだまだ暑い。夏休みが九月の終わりまでだったらいいのに。新しい学年。ぼくは中学生になった。でも、やっぱり学校なんてつまらない。だって、中学校も小学校とあまり変わらないんだもん。やる気出ないよ。

みんなと同じように、ぼくだって中学生になるのを楽しみにしてたんだ。中学生っていうのは大きくてかっこいいと思っていたから。どんなことでもやれるんだと思った。ぼくの成《せい》

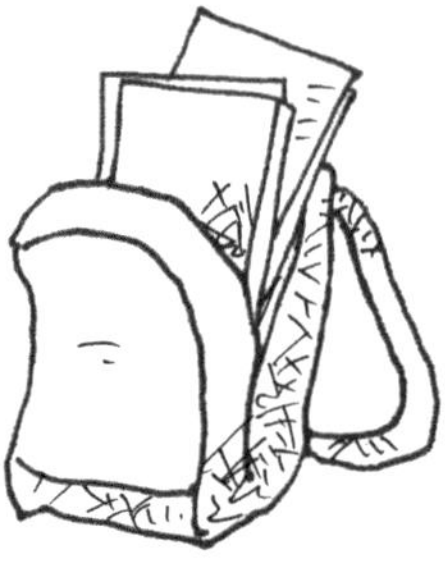

績《せき》はまあまあだったけど、落第せずにちゃんと進級できた。小学校ではいつも生活態度《たいど》を注意されていたし、学校でよくけんかもやっちゃったけど、それでもとりあえず、中学に上がれた。

ずっとちいさいときからぼくは、うるさい子、あばれんぼう、もう少しまわりの人に思いやりを持つように、もっとまじめに勉強しなさい、なんて言われてきた。でも、わかっているんだ。ぼくは変われない。変わらない。ぼくはぼく。マイペースでやるよ。

お父さん、お母さん、そして、ぼくのことをまだ見捨《みす》てていない数少ない友だちは、ぼくのことを「ダニー」って呼《よ》ぶ。だけどあまりぼくのことをよく思っていない同級生からは、「ダニー」の「ダ」は、「ダメ」の「ダ」なんて言われることもある。ほかにも「ダラダラしてる」の「ダ」とかね。まだあるよ。授業《じゅぎょう》中は「ダつりょく」、発表すれば「ダっせん」、教室からは「ダッシュで、ダッそう」。ぼくは「ダらしない」、そして「くダらないやつ」なんだってさ！「ダメ」だから、「ダニー」っていう名前はぼくにぴったり、て言われたりもする。

ぼくはきらわれてるんだな。きらわれてるなら、とことんきらわれてやる。ぼくはぼく。中学生になったからと言っても、急にいい人にはなれないし、おとなしい子にもなれない。急にクラスのアイドルになれるわけがない。それはどうしても変えられないんだから、このまずっときらわれ者のままでもしかたがない。

みんなにもわかっているんだ。ぼくと学校は相性《あいしょう》が悪いんだよ。ただ、どうしても、あと最低七年は学校にこなくちゃならないんだよなあ。中学が四年で、高校が三年だからね。

それでぼくは学校ではできるだけ寝《ね》てるんだ。そうしたらあっという間に時間が過《す》ぎるから。

教室のすみっこで、机《つくえ》の上につっぷしているとねむくなる。夕べまた遅《おそ》くまでテレビを見ていたから、どうもねむくてたまらない。それに、ねぼうしたせいで朝ごはんを食べる時間がなかったから、おなかがぺこぺこなんだ。授業《じゅぎょう》はぜんぜんおもしろくない。学校なんてうんざり。先生の声が子守歌のように遠くのほうに聞こえる。

「というわけで……なければなりません。わかりましたね？　ダニー。おい、ダニー！……について、きみはどう思うかね？」

ぼくを呼《よ》ぶ、先生の大きな声で起こされた。

いきなりそんなこと言われても、ぜんぜん聞いてなかったから、なんて答えていいのかわからない。「どう思うかね？」ってことは、「……について」の部分がわからないと、答えら

れないじゃないか。ぼくは静まり返る深い森みたいにしーんと息をしずめ、その森にうずくまる小鳥みたいにじーっと動かないで考えた。そうしていたら、ロゾフ先生がぼくのことを忘《わす》れて、なにもなかったかのように授業《じゅぎょう》を続けてくれるんじゃないかと、ちょっとだけ思ったから。ぼくにどんな質問《しつもん》をしたかも、ぼくがここにいることも、先生が忘《わす》れてくれればいいなあと思いながら、だまり続けた。

それはかなりあまかった！　先生はさっきよりもイラついた高い声で、ぼくにもういちど聞いた。先生は質問《しつもん》も忘《わす》れていなかったし、ぼくがここにいることも覚えていた。

「ダニー、きみはどう思うかね？」

あ〜あ、どうしようもない。落ち着いて昼寝《ひるね》もできやしない。さて、先生の質問《しつもん》に答えなくてはならない。でも、なんて答えていいかわからない場合、いったいどう答えたらいいんだろう？

「ほっといてください、先生。」なんて言ったら、きっとたいへんなことになるだろう。思っていることをはっきり言えるのは、いいことだけれども、先生のきげんをそこねることはあきらか。

「先生、どうぞご自由に。」も、絶対《ぜったい》言っちゃいけないんだ。

「ぼくはいやです。」って言えば、はっきりしていてわかりやすいかな。はっきり言って、ぼくはなにもかもがいやなんだから……。

「いやだあああ！」ってさけぶことだってできるけど、そんなことはやっちゃいけない。なんたって新学期だからね。さっそく目をつけられたら、ぼくの中学での新しい学校生活は早くもめちゃめちゃになってしまう。

ぼくは先生に向かって手をあげて、つかれたような顔をしながらこう言ってみた。

「はい。先生、問題ありません。」

そのとたん、先生の顔がぱーっと明るい表情《ひょうじょう》になって、ぼくのことをほめはじめたんだ。

「ああ、すばらしいね。いいぞ、ダニー。やっぱりやる気のある生徒はいるんだなあ。先生はうれしいよ。」

「やる気って？　なにを？」

（ぼくはいったい、どんなまずいことをしでかしちゃったんだろう？）

となやんでいる間に、ロゾフ先生がぼくの名前を黒板に書きはじめたので、ぎょっとした。

ほかの子たちもぼくのまねをして手をあげはじめた。あっという間に五人の名前が黒板に並《なら》んだ。男子がふたり、女子が三人。なんだ、これ？　ダンスのパートナーの組み合わせ？　ぜんぜんちがう。名前が書かれているってことは？　……ってことは⁇

「はい、これで、やっとクラス委員選挙の、立候補者《りっこうほしゃ》がそろいました。」

先生はうれしそうに胸《むね》を張《は》って発表した。

ええ？　これって立候補者《りっこうほしゃ》のリスト？

「立候補《りっこうほ》についてどう思う？」が先生の質問《しつもん》だったんだ。それがわかっていれば、ぼくは「いやです。」って言ったのに！　立候補《りっこうほ》なんかしたくない。委員はごめんだよ。なにもやりたくない。クラス委員になったらいい子にしなきゃならないじゃないか。ぼくはクラスの笑い者でじゅうぶん。それに、なんにでも、だれにでも……ぼくは、とにかくどんなことだって「反対！」って言いたくなる性格《せいかく》だから、委員には向いてないよ。

なのになのに……ぼくの名前が書かれてしまった。おかしいよ！

2　ぼくはごめんだ！

ロゾフ先生は、立候補《りっこうほ》をした六人に、選挙演説《えんぜつ》の短いスピーチを考えてくるようにと言った。

「自分が委員になったら、クラスのためにどういうことをやりたいと思っているか、くわしく発表できるよう準備《じゅんび》してください。投票してくれるクラスメートが、自分に票入れたくなるような演説《えんぜつ》をしなければならないよ。」

ぼくはもちろん準備《じゅんび》をする気なんてないからね。クラスメートの気をひきたいなんて思ってないんだ。それどころか、いまよりもっときらわれたっていい。とにかくかまわないでほしいんだ。

いよいよみんなの前でスピーチをする日がやってきた。立候補者《りっこうほしゃ》たちは、順番に前に出た。

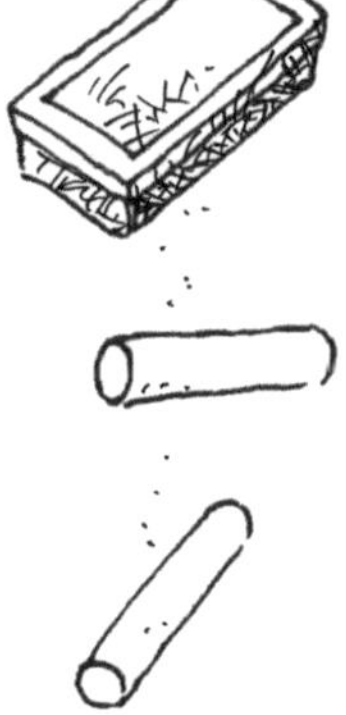

そして、なにやら緊張《きんちょう》した顔つきでそれぞれの考えてきたスピーチをはじめた。ディランは自分がいちばんえらいって顔をしている。レアはまじめぶった顔をしてる。マリアムは、自分がいかに陽気な子かっていうことをアピールしたいらしい。イリエスはもともとおとなしいからスピーチも地味。シンチアは、政治家《せいじか》みたいに張《は》り切ってみんなの気をひこうとしているけど、ぼくはちっとも興味《きょうみ》がない。ぼくがあまりにも知らんぷりをするものだから、シンチアはぼくにピリピリしている。

「わたしに一票を入れてください。このクラスの委員には、わたしがいちばんぴったりだと思います（そうそう、いちばん「ひかえめ」なんじゃない？）。クラスのみんなのことをつねに考えているのです（クラスのみんな？　自分のことしか考えてないと思うなあ）。わたしはひっこみじあんじゃありません（それは残念だ）。自分の言いたいことはちゃんと言える、と思っています（言いたいことしか言わないじゃないか）。クラスの代表として誇《ほこ》りをもってとりくみます（ほこりっぽいのまちがい？）。みなさんにかわって発言します（し〜、静かにして）。みなさんを守ってみせます（ひゃ〜、助けて〜）。クラスがよりよくなるように、わたしたちの学校がすばらしいところに生まれ変わるようにがんばります（この国も？　この地球も?)。わたしのキーワードは、『参加』『話し合い』『助け合い』、そして、みんなが『尊重《そんちょう》し合う』ということです。学校にキャンディーの自動販売機《はんばいき》を置いてもらえるように働きかけたいと思います(それは、いいアイディア!)。」

シンチアのスピーチは、まるでほんものの選挙演説《えんぜつ》みたいだった。シンチアがようやく話すのをやめて席にもどったとき、クラス中が一分間の黙《もく》とうをしているかのように静まり返った。人の心をとらえる演説《えんぜつ》。なにもかもがひっくり返るようなアイディア。説得力はあるけど、ちょっと大げさ。

いよいよぼくの番がやってきた。さっと立ち上がって、のろのろと黒板の前に向かう。ただ吐《は》き出すようにこう言ってみただけ。

「ぼくに票を入れないでください!」

そしてぼくは口笛をふきながらさっさと席にもどった。教室の中は大爆笑《ばくしょう》だったけど、ぼくは「やったね!」という気持ちだった。

先生はかんかんに怒《おこ》っているようだった。

「ダニー! ちょっと立ちなさい。どういうことなんだ。説明しろ!」

説明しろと言われたからには、説明しなければならない。シンチアの演説《えんぜつ》をお借りすることにした。

「ぼくに投票しないでください。」

ふてくされた感じで、さっきと同じことをもういちど言った。

「このクラスの委員にもっともふさわしくないのが、このぼくです。クラスのみんなのことを考えたことはありません。ぼくはなまけものです。それに話すのは得意じゃありません。悪い言葉ならいっぱい知ってますけど。ぼくはぼくのことしか考えられません。話し合いたいと思っていることはなにもありません。クラスのみんなを助けようと思ったこともありません。反対に、いつもみんなのことをぎゃふんと言わせたいと思っています。頭は空っぽです。ぼくの頭の中に脳《のう》みそなんてないんです。ぼくがクラス委員になったら『いやだ。』ばっかり言うと思います。」

これだけひどいスピーチをすれば、みんなにわかってもらえるだろう。ぼくはちょっと安心して、自分の席についた。クラスメートは大きな声でゲラゲラ笑っていたし、先生はすごく怒《おこ》った目でぼくを見ていたから、これはぼくの作戦の勝利にちがいない。つまり、選挙に

負けるんだ。

「ダニー、どうしてそんなことを言うんだ？」

先生はわけがわからないらしい。

「どうしてと言われても、わかりません。ぼくには委員なんてできないと思うし、したいとも思わないんです。」

「だったら立候補《りっこうほ》なんかしなければいいじゃないか。」

先生はぶつくさ言った。

「選挙実行委員会に、もうダニーの名前を提出《ていしゅつ》したんだよ。投票用紙にダニーの名前が入っているんだ。いまさらやりたくないと言ったって、遅《おそ》すぎる。もう立候補《りっこうほ》の取りやめなんてできないんだよ。」

先生はクラスのみんなの顔を見回して言った。

「今日のスピーチを聞いて、それぞれの立候補者《りっこうほしゃ》の特徴《とくちょう》がわかったと思う。まじめに委員の役割《やくわり》を果たしてくれる人、責任感《せきにんかん》のある立候補者《りっこうほしゃ》はだれかをよく考えて投票するように。クラス委員の選挙だ。これはゲームとか笑い話じゃない。そう思っている生徒もいるようだが、まじめな姿勢《しせい》で選挙に参加するように！」
またねむくなってきたよ。

3　デモクラシー

さあ、いよいよ投票の日！

立候補《りっこうほ》した六人の中からふたりの委員を選ぶために、クラス全員が投票することになっている。

多目的ルーム。机《つくえ》の上に投票箱《ばこ》がどーんと置かれている。

カーテンのかかった投票コーナー。選挙の進行を手伝う係の人たちが、山積みになった投票用紙の前に座《すわ》っている。投票用紙には立候補者《りっこうほしゃ》たちの名前が並《なら》んでいる。

「ダニー、いよいよだな。どんな気持ちかな？」

先生はぼくにたずねた。

（どんなって……なんとも思わないよ。）

注意深く見守るロゾフ先生のもと、クラスのみんなは交代でひとりずつ、まず投票用紙を取り、そのあとカーテンのかかった投票コーナーに入って、リストに並《なら》んでいる名前の中から、いいと思う立候補者《りっこうほしゃ》の名前に丸をつける。そのあとカーテンの外に出て、投票箱《ばこ》の中に紙を投げこむ。そのときに係のひとりが「一票、入りました！」と雷《かみなり》のような声でさけぶことになっている。

それを聞きながらぼくは、「一票、入りました……。でも、ぼくじゃない。」とつぶやいていた。だって、そうに決まっているもの。心配なんかしてないよ。選ばれるわけがないんだから。ぼくはだれからも好かれていない。だれもぼくを委員にしようと思わない。ぼくに票を入れる人なんかいないんだ。ぼくは自分にさえ入れないよ。

自分の番がきたので、ぼくは立候補者《りっこうほしゃ》リストの中にある全部の名前に、ていねいに横線を引いて消した。もちろん自分の名前には太い線を引いた。その上、かわいいガイコツの絵まで描《か》いてやったぞ。こんなことをしたら、この投票用紙は無効《むこう》になるとわかっていたけど、それでいい。それがぼくらしくていいんだ。

さて、開票の時間。係の人が大きな声で、投票用紙に丸のついている人の名前を読み上げる。それを聞いて、もうひとりが立候補者《りっこうほしゃ》の名前の横に、票を数えるための棒線《ぼうせん》を引いて行く。

「ひとり目、ダニーに一票。」

ちょっと待って、まちがいでしょ？

「ふたり目、ダニーにもう一票。」

ほら、またまちがえた。

「三人目、また、ダニーです。」

どうしてそんなミスするのかな。

「四人目、ダニーに入りました。」

だれか、うそだと言ってくれよ〜。

「五人目、ダニーに一票入りました。」

ほんとうなの？

「六人目、またまたダニー！」

まちがってるのは、ぼく？

ひゃ～。悪夢《あくむ》！

「ダニー」「ダニー」が果てしなくこだまする……これは悪い夢《ゆめ》にちがいない。いたずら好きのこだまが行ったり来たりしているみたい。ぼくの名前の横に表示《ひょうじ》される、投票数を示《しめ》す棒線《ぼうせん》がどんどん増《ふ》えて行く。一票、また一票。ついに二十三票！　このクラスは全部で二十四人。ぼくの投票用紙は無効《むこう》だったはずだ。ぼく以外のクラスメートみんなが、ぼくに投票したってこと？

それはつまり、あの立候補者《りっこうほしゃ》のスピーチで、みんなを笑わせたから……？　ショック！　クラス委員になんかなりたくなかったよ。でも、選挙は絶対《ぜったい》なんだ。神聖《しんせい》な決定。投票した人がみんなで出した答えだったら、それに従《したが》わなければならない。それがデモクラシーというもの。いくらぼくが反対しても、多数決にはだまって従《したが》わなければならない。

「先生。ちょっと待ってください。」

いいことを思いついた。あきらめないのがぼくの長所だ。

「選挙には二次選挙っていうものがあります。ほんとうだったら、一次選挙で名前のあがった数人を、二次選挙でふたりにしぼります。一次選挙でひとりしか選ばれなければ、二次選挙ができないので、もういちど、選挙のし直しをしたらいいと思います。」

でも、先生はふきげんな顔になった。

「これはゲームじゃないんだよ、ダニー、きみは選ばれたんだ。ダニーがやりたいか、やりたくないかはもう関係ないんだよ。きみはクラス委員をやるしかないね。」


そうして、もうひとりの委員を決めるための選挙がはじまった。クラス全員が交代で投票コーナーに入った。でも、さっきよりもずいぶんふまじめで、なんとなくざわざわしていた。ぼくはやっぱりぼくらしく、投票用紙が無効《むこう》になるような落書きをした。この二回目の選挙の開票ではヤジが飛んだり、大声を出す人や抗議《こうぎ》の口笛をふく人、それから拍手《はくしゅ》をする人もいたりして、ものすごいさわぎになった。

シンチアがほんの少しの差で勝って当選し、委員になれなかったマリアムはふてくされていた。

「やあ、きみたちおめでとう。立派《りっぱ》にクラス委員の役割《やくわり》を果たしてくれよ。」

ロゾフ先生は、ぼくとシンチアの手をぎゅっとにぎりしめて、はげましてくれた。

シンチアは先生の言葉に感動していた。

「はい、先生、ありがとうございます。うれしいです。みなさん、わたしをクラス委員に選んでくださって、どうもありがとうございます。」

ぼくは、シンチアを押《お》しのけて言った。

「へへへ……みなさん、いやな役を押《お》しつけてくださって、どうもありがとうございます。さよなら〜。『脱走《だっそう》のダニー』を今後ともよろしく〜。」

ぼくは走って、選挙の終わった多目的ルームを飛び出した。

「ダニー‼　もどってきなさい‼!」

ロゾフ先生のさけび声が、ろうかにひびきわたった。

4　委員というものは？

選挙に当選してからというもの、ぼくの学校生活はすっかり変わってしまった。みんな、ぼくがほんとうにクラス委員に選ばれるとは思ってなかったから、おどろいているだろうけど、いちばんびっくりしているのはこのぼくだ。

目立たないように、こっそりいねむりなんてできない。「勉強したくない。」と口に出せなくなってしまったし、ふざけたこともできなくなった。「忘《わす》れ物」は許《ゆる》されない。悪い点数（たとえば０点）を取ったりするのもダメ。失礼なことを言ったりしたら、「クラス委員のくせに！」と言われる。そして、いちいち「きみはこのクラスの責任者《せきにんしゃ》なんだよ。」と注意されるんだ。

委員というものは、見本を見せなければならない。委員というものは、毎日進歩しなくちゃいけない。委員というものは、つねにクラスのことを注意深く見ていなければならない。

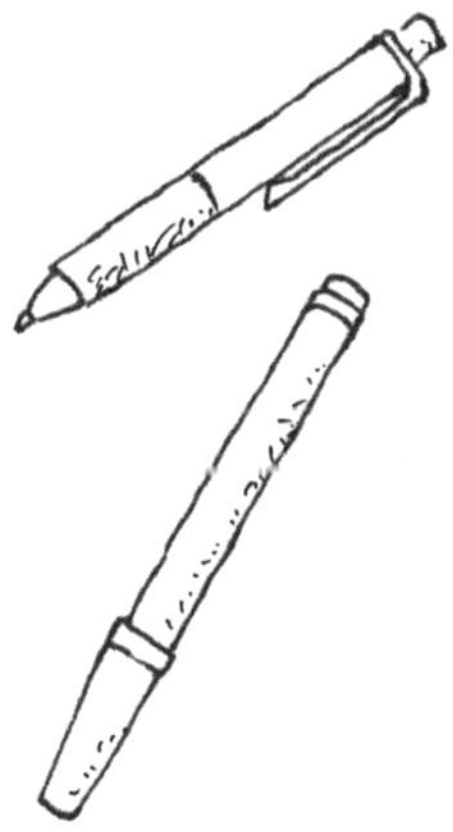

委員というものは、落ち着いていなければいけないというけど、どうやったらいいのか教えてほしい。注文が多すぎるよ。だれかが「委員というものは……。」って言いはじめると、ぼくはどんどんどんつらくなる。さあ、どこまでがまんできるかな？　がまんしなくちゃダメなんだって。委員というものはいそがしいに決まっているし、お気の毒な役目なんだって。授《じゅ》業《ぎょう》のほかに（そして、居残《いのこ》りする時間以外に）委員として特別な役割《やくわり》がいろいろあって、そういうことに自由な時間がけずられることになっているんだ。たとえば、呼《よ》び出し・会議・通知・説明・相談・討論《とうろん》・決定・活動・そのほかうんざりすることの数々《かずかず》。

そして、なんと研修《けんしゅう》まであるらしい。

各クラスの委員を集めた会議はしょっちゅうある。その中でも、いったい何回目の会議かもう忘《わす》れたけど、教育相談室の責任者《せきにんしゃ》デュボア先生が、委員たちの前でこんな宣言《せんげん》をした。

「みなさんもう聞いていると思いますが、十一月の半ばに、クラス委員の役割《やくわり》について学ぶために、二日間の研修《けんしゅう》会があります。」

これはすごい。やったね。うれしいなあ。これで授業《じゅぎょう》を二日間休めるじゃないか。

「先生方が数人引率《いんそつ》して行かれます（悪夢《あくむ》だ）。アシスタントの先生方も（つまらないなあ）。わたしも行きます（こなくていいのに）。校長先生も（きたってしかたないでしょう）。」

せっかく研修《けんしゅう》に行けると思って喜んだのもつかのま、やる気が一気に冷《さ》めちゃった。こんなメンバーで行ったら、『最強のメンバー』なんて言えないでしょう。『最悪のメンバー』だよ。

「この研修《けんしゅう》は、金曜日の午後、授業《じゅぎょう》が終わってから出発して、日曜日の夕方にもどってきます。」

ええ〜？　どういうこと？　ちょっと待ってよ。聞きまちがいじゃないの？　ぼくは勇気をふりしぼって、聞き直した。

「すみません、先生。もういちどいってください。ぼく、よくわかりません。」

デュボア先生は、はっきりとよく聞き取れるようにくりかえした。

「『金曜日の午後、授業《じゅぎょう》が終わってから研修《けんしゅう》センターに向かって出発。日曜日の夕方もどってくる。』と言っただけですよ。なにも難《むずか》しいことは言ってないだろう。」

「でも、でも、でも、先生！」

ショックでうまく話せない。

「つまり、研修《けんしゅう》は週末、ってことですか？」

「そうに決まってるじゃないか。きみたちに学校を二日も休ませられないじゃないか。」

（そんな！　もちろん休めるよ！　学校休まなきゃダメだよ。なにか問題ある？）

ぼくはショックで、打ちのめされた気分だったけど、くいさがった。

「でも、それって、週末にも授業《じゅぎょう》があるようなもんじゃないですか。休みの日に学校に行くのと同じです。」

でも、デュボア先生は、ぼくを説得するようにこう言ったんだ。

「ぜんぜんちがうよ、ダニー。学校よりも楽しいぞ。」

楽しい？　楽しいだってえ～？　せっかくの週末にも先生たちと過《す》ごさなきゃならないっていうのに？

ぼくはもうのどがカラカラになって、ちゃんと話せなかった。

「先生、週末に研修《けんしゅう》なんて、それは反則《はんそく》です！」

先生はふきげんな顔になった。

「ダニー。いいかげんにしなさい。小さい子どもみたいなことばっかり。先生にもがまんの

限界《げんかい》があるぞ。」

そうか、こういうときはちびあつかいするんだな。ぼくは背筋《せすじ》をのばして、大きな声を出した。並《なら》んでいるほかの委員たちは、ぼくのことをじっと見ていた。

「これは大問題です。ものすごく非常識《ひじょうしき》です。職権《しょっけん》らん用です！　先生たちは、生徒に対して、むりやりこんなことをさせてはいけないはずです。ぼくたちはまだ小さい子どもなんだから、週末はゆっくり休まないといけないんです。この国の国民は、権利《けんり》を守るために革命《かくめい》を起こしたんです！　みなさん、それを思い出しましょう‼　ぼくたちは……。」

「ああ、もう、静かにしなさい。ダニー。」

デュボア先生はぼくが話し終わるのを待たずに、いきなりしゃべりはじめた。

「わたしはね、研修《けんしゅう》センターで絶対《ぜったい》に楽しく勉強できると思っているんだ。この研修《けんしゅう》センターは、なんとお城《しろ》の中にあるんだぞ。」

お城《しろ》だって？　ぼくはもう声が出なかった。いすの上にドサッと座《すわ》りこんでしまった。なにも言うことはない。そうか、お城《しろ》なのか……夢《ゆめ》みるお城《しろ》……そんなところでの研修《けんしゅう》だったら悪くないかもね。お城《しろ》での暮《く》らしっていうのを、人生に一回ぐらいは味わってみたいよなあ。ぼくたちのアパートとはぜんぜんちがうんだろうな。ぼくはごちゃごちゃせま苦しい公団住宅《こうだんじゅうたく》に、両親とおばあちゃん、弟ふたりと妹、そしてハムスターといっしょに住んでいる。お城《しろ》での研修《けんしゅう》が楽しみになってきたぞ。

5 王座《おうざ》があぶない!!

さあ、いよいよ研修《けんしゅう》がはじまる。お城《しろ》に向かって出発進行！

お城《しろ》に行くっていったって、おとぎ話に出てくるような、ごうかな馬車で行くわけじゃなかった。各クラスの委員たちをつめこんだ、くさくてせまいバスで行くんだ。みんな、興奮《こうふん》しすぎ！　歌っている委員もいれば、さけんでいる生徒もいる。遊んでいる人がいると思えば、バスによっちゃって、げろげろ吐《は》いてる子もいる。サイコー。

ぼくはなにもしない。バスの窓《まど》におでこをくっつけて、郊外《こうがい》のショッピングセンターや、広告の大きなポスターが、窓《まど》の外を走りすぎて行くようすをぼうっとながめているだけ。耳にくっつけてるイヤホンで、好きな音楽に耳をすます。歌詞《かし》に集中したら、自分の好きな風景が見えるような気がして。

そしてぼくは夢《ゆめ》を見る……大きなお城《しろ》のパーッと広い空間。だんろにはまきのゆれ動くほ

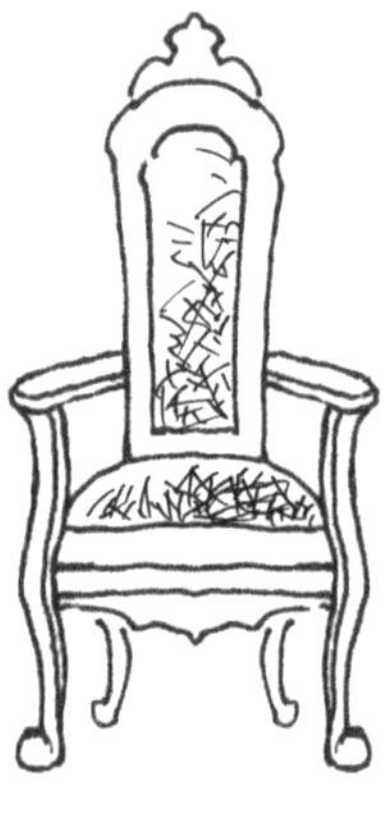

のお。美しいお姫様《ひめさま》が座《すわ》っていて、ぼくはうっとりする。そのパーティーには有名人がいっぱいきている。スターばっかり。ぼくはかっこいいスターたちといっしょに、高そうな食器にたっぷり盛《も》られた料理を食べている。クリスタルのグラスに注《そそ》がれたソーダで乾杯《かんぱい》。中庭で開かれるダンスパーティーは、ぼくにささげられているんだ。ぼくは王子様のかっこいい服を着ていて、最高級のバスケットシューズで、軽やかにそして優雅《ゆうが》に踊《おど》る。バックに流れているのは、バイオリンと、チェンバロっていう中世の楽器。夜も遅《おそ》くなってきた。ぼくはお城《しろ》の塔《とう》のいちばん上の寝室《しんしつ》で、大きなベッドに横になる。ベッドの四つのはしに柱が立っていて、ふわふわのカーテンが下がっているんだ。とても静か。どこかでフクロウの鳴く声だけが聞こえる。

「ねえ、ねえ。」

あれ？　フクロウの声？

「ねえ、ねえってば。」

大きな声を張《は》り上げて、ぼくをゆすぶっていたのは、同じクラス委員のシンシアだった。

「起きてよ。ちょっと話したいことがあるの。」

「なんだよー。いいところだったのに。」

「話し合いたいのは……クラスのことでしょ、先生たちのこと。わたしたちの学校のこと。それと、これからはじまる研修《けんしゅう》のこと……。」

「地球温暖《おんだん》化のことも？」

「あ、それ、いいアイディア。」

ぼくが目を覚ましたので、シンチアの口からすごい速さで、いろんな言葉があふれ出した。

「それでなにがいちばんたいせつなことなのかをみんなにせつめいしないといけないからちゃんときいてもらえるようにはなしてわたしたちがやらなくてもいいことはやらないってことにきめないと。そうでしょう？」

ぼくは、イヤホンの音でなにも聞こえないふりをした。シンチアのわけのわからない言葉の洪水《こうずい》が、いつかは乾《かわ》いてしまうんじゃないかと思って待ったけど、それは無理だった。このシンチアは、川にたとえればアマゾン川かナイル川だな。枯《か》れることなんてないんだ。あふれるのをおさえることなんかできないんだ。気分よく音楽を聞いているのに、じゃまだなあ。人の気持ちは考えないのかな。ぼくは音楽のボリュームを最高に上げて、シンチアを避《さ》けようとした。でも、シンシアはしつこい。

「ちょっと！　ボリューム下げてよ。めいわくでしょ。」

「めいわくなら、シンシアがあっちに行けばいいだろう。」

ぼくはボソボソと言った。

シンシアは、しわくちゃになったスカートをひるがえして、どこかに行ってしまった。ほっ。

ぼくはそのままバスの窓《まど》ガラスにおでこをくっつけて、またひとりの世界にひたった。ラップのざらついた音楽を聞きながら、お城《しろ》で暮《く》らす王子様の夢《ゆめ》にもどった。


お城《しろ》についた。想像《そうぞう》どおり、かざりがいっぱいついた鉄の門。大きな木の並《なら》ぶ広い道が、ぼくたちをお城《しろ》へと案内してくれる。建物はなんとも芸術《げいじゅつ》的。塔《とう》の上には鐘《かね》がぶら下がっていて、階段《かいだん》は大理石。ただし、お城《しろ》の中に入ったとたん、イメージはガラガラとくずれてしまった。

ぼくたちが研修《けんしゅう》中に泊《と》まる部屋は、せまくて寒い。そこを、ほかのクラスのまじめぶってかっこ悪い三人といっしょに使わなきゃならない。食事のときには、教室の机《つくえ》みたいな安っぽいテーブルの上に、皿が並《なら》べられる。これは「ずいぶんむかしの。」って言っても、別にねうちのある中世のものというわけじゃなくて、ただ古くてきたないプラスチックのお皿。料理は、もちろん給食と同じようなメニュー。

食事の間もそのあとも、シーンとしていて、なんだかお葬式《そうしき》みたい。夜ふかししたいと思っても「就寝《しゅうしん》の時間です。」と、ずいぶん早い時間に部屋に帰された。でも、ちょっと昼《ひる》寝《ね》というには遅《おそ》すぎる時間。ベッドまできて毛布《もうふ》をかけてくれるのは、だれ？　やさしくおやすみなさいと言ってくれるのは、だれ？　お姫様《ひめさま》？　妖精《ようせい》？　天使？　ちーがーう!!　校長先生！　この先生は、クマみたいなんだ。こんな人に寝《ね》る前に会ったら、悪い夢《ゆめ》にうなされるに決まってる。

朝は、すごく早い時間に、興奮《こうふん》した若《わか》い先生がふたり、いきなり部屋にやってきて、「おい、起きろ。」ってどなりまくった。ぼくはまくらの下に頭をつっこんで、小さくなっていた。なのに、先生たちはずかずか部屋に入ってきて、ぼくの毛布《もうふ》を引っぱがした。

「おい、早くしろ。朝食の時間だぞ。さっさと食べて、ちゃんと歯をみがくんだぞ。」

え？　朝も？　歯をみがく？

歯をみがいたあとは、おシゴトだ。工場で働かされているか、牢屋《ろうや》に入れられているようなもんだよ。

だって、土曜日と日曜日の二日間は、朝から晩《ばん》まで、討論会《とうろんかい》、ロールプレイングゲーム、いろいろなプログラムがあとからあとから続く。次から次に引っぱり回される。ぼくは、こんなことには慣《な》れていないから、押《お》しつぶされそう。ぼくのまわりでは、おしゃべりが絶《た》えない。みんな笑っている。シンチアなんかすごくやる気を出して、どんどんメモを取っている。静かなお城《しろ》で、のんびりする……という夢《ゆめ》は消えてしまった。

そういうことが、えんえんと何時間も続いた。なかなか終わらない。みんなえらそうなことを言ってる。悪い言葉を使う子なんかいない。みんないい子ちゃんなんだ。ぼくはだんだんねむくなってきた。いい子ぶってるみんなの話を聞いていると、ぼくはイライラしてきた。ぼくはいきなり立ち上がった。そのはずみにいすがバタンとたおれてしまった。そのときしゃべっていたのは校長先生だった。演説《えんぜつ》の最中にぼくが立ち上がったので、その場はしんとしてしまった。

「え～と、いつ食べるんですか？」

そこにいたみんなが顔を上げて、ぼくを見た。最初はみんなびっくりしていた。でも、少しずつ笑ったりおしゃべりをはじめたりして、部屋の中がさわがしくなってきた。ぼくはもういちど、質問《しつもん》した。

「みんなお腹《なか》すいてるでしょう？　いつ、食べるんですか。」

校長先生がこわい顔をして、ぼくに近づいてきた。筋肉《きんにく》モリモリの体育の先生がボディーガードみたいにくっついてきた。

ドキドキドキ。こわくて緊張《きんちょう》した。どんなおしおきが待っているのか⁉　足首をつかまれて、ひっくり返されたまま、ろうかを引きずられ、お城《しろ》の小さな牢屋《ろうや》に投げこまれる？　そして、ライオンのえさとして、放り出される？　そんなおしおきは時代遅《おく》れだ。ぼくは、そんなみじめなおしおきじゃなくて、ヒーローみたいにかっこよくこの世を去りたいね。

校長先生は、ぼくに顔を近づけて、つばを飛ばしながら、「学校に帰ったら居残《いのこ》りの罰《ばつ》だぞ。」と、ぼくをおどした。そのうえ三日間の停学だって（わあ～夢《ゆめ》のようだあ～）！　校長先生はぶつぶつ言いながら席についた。

(それだけ？　拷問《ごうもん》もないの？　八《や》つ裂《ざ》きの刑《けい》は？)

学校というところで、そんなひどいことはやらない。そうなの？　あ〜あ、つまらないなあ。中世のお城《しろ》の中には小さな牢屋《ろうや》があるってこと、先生たちは知らないのかな。ここにもきっとあるはずなんだ。探検《たんけん》したいなあ。


夜になった。バスの中。ぼくは、冷たい雨が激《はげ》しく降《ふ》る窓《まど》に、鼻を押《お》しつけていた。お城《しろ》でがっかりしたことをひとつずつ思い出していた。ぼくが夢《ゆめ》に描《えが》いていたようなことは、なにひとつ起こらなかった。

すてきなドレスを着たきれいなお姫様《ひめさま》……残念ながら、ナシ。

かがやくシャンデリア……うそついたな！

お肉のロースト、鳥の丸焼きとポテト……そんなの出なかった。

ワルツ、バイオリン、パーティー……影《かげ》も形もなかったね。

柱つきのベッド……夢《ゆめ》に終わった。

だんろの火……期待はずれ。

ベッドを出たら、お世話をしてくれる使用人……

ぼくのまわりには敵《てき》しかいなかった。

ていねいに頭を下げ、ゆかにひれふす召使《めしつか》い……

いない。いない。

王子のぼくが座《すわ》る、王座《おうざ》……よくもだましたな。

拷問《ごうもん》、責《せ》め苦《く》、ドブネズミでいっぱいの牢獄《ろうごく》……

ああ、楽しみにしてたのに、そんなのさえ、ナシ。

みんなぼくのことをだましたんだ。

裏切《うらぎ》られたよ。

「夢《ゆめ》みたいなお城《しろ》の暮《く》らしを体験しましょう。」なんて、よくも言ってくれたよ！

6　よいアドバイス

秋休みのあと、なにもかもがあっという間に動きはじめた。成績《せいせき》会議を前に、先生たちはパニック状態《じょうたい》の大あわて。テスト・採点《さいてん》・補習《はしゅう》・追試・成《せい》績表《せきひょう》。

ぼくは成績《せいせき》なんかどうでもいいと思っているから平気。それでも、みんなといっしょに小テストは受けなきゃならないし、試験も避《さ》けられない。ただ静かにねむりたいと思っているのにそれもできない。ぼくは気の毒な被害者《ひがいしゃ》だ。

試験を受けるだけでもエネルギーを使っているのに、試験の期間が終わったら、委員は成《せい》績《せき》会議にも出なければならない。ぼくとシンチアは、ロゾフ先生に呼《よ》ばれて、会議の準備《じゅんび》をするように言われた。やることが多すぎるよ。

ぼくにはそんなことやってる時間はないんだけどなあ。ぼくは「悪い生徒」のレッテルを

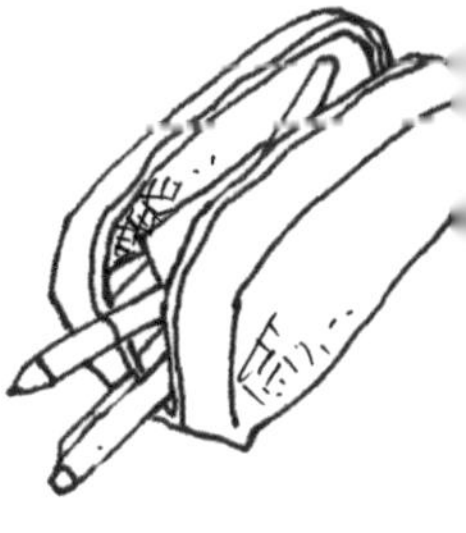

はられてるんだから、みんなの期待にこたえなきゃならないんだ。なまけものってことになっているから、がんばっているところを見せたりしちゃいけない。なんにもやらないために、ぼくのすべてのエネルギーをついやす。みんなの持ってるイメージにこたえて「あつかいにくい生徒」の役を演《えん》じ通すために、いちいち気をつかうのはほんとうにたいへんなんだ。どっちみち、ぼくにとって「委員らしくする。」のは「まじめな生徒らしくする。」のと同じぐらい、無理なことなんだ。ぼくはクラスのみんなと話したりしない。クラスのみんなと仲良くおしゃべりをしたりするのは、友だちみたいになるってことだ。ぼくはみんなの仲間になるより敵《てき》でいるほうがいい。

さて、成績《せいせき》会議。なにもかもひとりで準備《じゅんび》しなければならない。「シンチアがひとりで。」っていうことなんだけど。最初シンチアは、ぼくにいろいろ質問《しつもん》してきた。

「なにか話し合いたいことはないの？」

「ない。」

「なにか説明したいことは？」

「ない。」

「なにか配ったりするものはないかしら?」

「ない。」

「なにかアドバイスはある?」

「ない。」

「なにか言いたいことぐらいはあるんじゃないの?」

「しゃべるのやめてよ。」

ぼくにはやる気がなくて、シンチアがひとりでなにもかもやることになったから、ひとりで勝手にしゃべるのもやめてくれない。

さて、この成績《せいせき》会議はいったいどんなものか?

各教科の受け持ちの先生たちとクラス委員とで構成《こうせい》される成績評価《せいせきひょうか》委員会がある。成績《せいせき》会議にこの委員たちが集まって、クラス全員の生活態度《たいど》や授業《じゅぎょう》に対する姿勢《しせい》などがどうだったか話し合われ、それにもとづいて、成績表《せいせきひょう》には担当《たんとう》の先生方やクラス委員からのコメントがつけられる。ぼくとシンチアはまずクラスメートの評価《ひょうか》をする側になる。そのあと、いくら委員でも、ひとりの生徒としての評価《ひょうか》がつけられる。

月曜日の夕方、授業《じゅぎょう》の「あとで」（これって、問題だよね）、ぼくとシンチアは校長先生、教頭先生、すべての教科の担当《たんとう》の先生たちといっしょに会議室に座《すわ》らされていた。ふたりのクラス委員対こんなにたくさんの先生たちっていうのは、けっこう緊張《きんちょう》するものだ。まず先生たちが、クラスのひとりひとりの生活態度《たいど》などについて意見を言った。このクラスのふんいきについて。クラスのみんなの態度《たいど》はどうで、成績《せいせき》はどのレベルで、みんなが先生たちの言うことをすなおにきくかどうかなど。先生たちがひととおりしゃべったあと、委員からもなにか言わなければならない。まずはシンチアが意見を述《の》べた。永遠《えいえん》に終わらないいんじゃないかと思うぐらいしゃべり続けた。シンチアが息つぎで、ちょっとだけ静かになったとき、担任《たんにん》のロゾフ先生は大急ぎでシンチアにお礼を言って、ぼくのほうを向いた。

「ダニー？　きみの意見は？」

ぼくはなんとも思わなかったので、

「なにも言うことはありません。」

と、落ち着いて言った。

ぼくのそばに座《すわ》っていた数学の先生は、びっくりした顔でぼくを見て言った。

「ダニーは、なにも言うことがないというより、メモも取ってなかったね。」

ぼくとちがってシンチアは、先生たちがクラスのひとりひとり全員について意見を言っている間ずっとペンをにぎり、各生徒の記録をいちいち書きとめ、先生たちの注意やアドバイスをもらさずメモしていた。

「ぼくは別にメモしなくてもだいじょうぶです。ぼくは頭の中にメモしてますから。」

えんりょがちに言ったつもり。そこにいた先生たちはみんな、ぼくを疑《うたが》っているような目で見た。会議はそのまま続けられることになった。成績《せいせき》が良かったからほめられる人。授《じゅ》業《ぎょう》のときにまじめじゃないから、罰《ばつ》をあたえられる人。もうちょっとがんばりましょうと、はげましの言葉をもらう人。呼《よ》ばれて説教をされる人。……いろんな人の名前があがって、クラスメートたちの成績《せいせき》と態度《たいど》の評価《ひょうか》ができあがっていった。

教頭先生がいきなり言った。

「さあ、いよいよ、クラス委員のあなたたちの成績《せいせき》を見てみましょう。」

先生は、ぼくの成績表《せいせきひょう》を見ていた。

「う〜ん、ダニーの成績《せいせき》はあまりよくないわ。『不安定』ですねえ。」

担任《たんにん》のロゾフ先生は大きな声を出した。

「とんでもない。『不安定』なんかじゃありませんよ。ダニーの成績《せいせき》はとっても『安定』しているると思います。」


「あら、だったらいいじゃないですか。」

教頭先生はロゾフ先生に言った。

「じゃあ、『ダニーの成績《せいせき》はとても安定しています。』という評価《ひょうか》をつければいいんですね。」

「ちがいます！」

それぞれの教科の先生たちが、コーラスをしてるみたいに同時に言った。

「『安定』っていうのはですね、ダニーの場合、『安定してずっと勉強しない。』と言うことです。勉強が足りない。なまけぐせがある。いつも『安定して変わりなくやる気なし。』なんですよ。」

担任《たんにん》のロゾフ先生はがまん強く、教頭先生への説明を続けた。フランス語の先生が続けて言った。

「ダニーは、授業《じゅぎょう》ではいつもなにもしない。よく口答えをする。いやいやなのが、見え見えです。」

ちょっととまどった顔をした教頭先生が、ぼくのほうを向いた。

「ダニー、先生方がいまおっしゃったことについてどう思いますか？」

ぼくは、教頭先生からていねいな言葉でやさしく聞かれたことがちょっとショックで、しばらく声が出なかった。先生は、シンチアに声をかけた。

「シンチアさん、ダニーは、自分の評価《ひょうか》のらんに、委員としてどんなコメントを書いていますか。ちょっと読んでみてください。」

「ダニーは、自分の評価《ひょうか》のところに、『評価《ひょうか》なんかどうでもいい。』と書いています。」

そのほかに、ぼくは『だれのまねもしない風変わりな生徒。』『問題を起こすことが好きな生徒。』『おもしろい生徒。』っていうコメントをつけていた。先生方にとっては、そういうのは悪い評価《ひょうか》になるのかもしれないけど、われながら、なかなかユニークでいいコメントだと思うけどなあ。

「それで？　シンチアさん。あなたはクラス委員として、ダニーをどう見ているんですか。」

質問《しつもん》されて、シンチアはなにか答えようとした。でもその前に、ぼくが先に声を出した。

「クラス委員としてのぼくの意見ですが、『このダニーという生徒』は、学校がきらいだからなにもしないのだと思います。」

担任《たんにん》のロゾフ先生はだまっていられなかったようすで、ちょっと笑いながら言った。

「それはおたがいさまだと思うね。いまのダニーみたいな子、学校のほうでも好きになれるかな？」

教頭先生は、どうしたらいいのかわからないというようすでみんなを見た。

「じゃあ、ダニーの評価《ひょうか》、どうコメントすればいいんですか？」

ぼくは教頭先生に向かって、感じよく言った。

「『この学校を、好きになれない生徒。』って書いたらいいじゃないですか。」

しーん。そこにいたみんながおたがいの顔を見合った。

ロゾフ先生はちょっと感心したように大きな声で笑いながら言った。

「ダニー、そんなことを成績表《せいせきひょう》に書けるわけがないじゃないか。」

書けばいいじゃないか。それに、もう、そう書いた人もいると思うけど？　ほら、教頭先生なんか、ぼくの許可《きょか》が下りたとほっとしてる。まっさきにそのことを成績表《せいせきひょう》に書いてしまったよ。ぼくにはわかるんだから。そして、もうぼくのことなんか忘《わす》れたみたいに、いそいで次の生徒の評価《ひょうか》らんにワープしたんだからね。

　ぼくは教頭先生のようすを見てちょっとうれしくなった。

（クラス委員って、すごいなあ。どんなことでも言ったことが、ちゃんと聞いてもらえるんだからね。）

7　世界でただひとり

先生たちとの成績《せいせき》会議で話し合われたことは、次の日にクラスのみんなの前で報告《ほうこく》された。

ロゾフ先生は、楽しそうに話しはじめた。

「きみたちの選んだ……『クラス委員』だがね……。」

先生はやけに『クラス委員』っていうところを強調して言った。

「ダニーは、クラスのために発表したというより、言いわけばかりしていた。うーん、言いわけというか、そうだなあ、いいかげんというか、ただ目立つためだけに委員をやっているような感じを受けたね。クラスのみんなに選ばれて、クラスの代表になったことをわかっていないようだった。」

クラスのみんなは、ぼくに腹《はら》を立てているような目つきでぼくを見た。こそこそと悪口を言っているクラスメートたちもいた。

「反対に、シンチアはよく発表していた。よくしゃべった。ほんとうにほんとうに、まったくよくしゃべってくれた。しかも、みんなを代表してしゃべってくれたんだ。」

そういいながら、ロゾフ先生は大きなため息をついた。シンチアを見るみんなの目つきは、あこがれているようで、シンチアをほめる言葉が教室の中にわきあがった。

「シンチア、すばらしいよ。ところで、ダニー。そろそろ委員として自覚をもってくれないとね。委員らしさとはいったいなんなのか、もっと考えてもらいたい。」

（先生、はいはい、なんとでも言ってください。）

ぼくは心の中で思うだけにした。口に出していったらとんでもないことになる。

ぼくは、このまま無責任《むせきにん》でいようと決めているんだ。委員らしくないってことがどういうものなのか、もっと考えることにしたんだ。

ぼくに反発しているクラスメートたちが、教室を出るときに、文句《もんく》を言った。

「どうしてダニーは……。」「ダニー、もっとちゃんとしたほうが……。」「ダニー。こうするべきだったと思うよ。」「ダニーにはもううんざり。」「どうしてそんな態度《たいど》が取れるの？」「ダニー、わたしたちのこと、バカにしてるんじゃないの？」「このままでいいわけないよ。」「いくら委員でも、そんな権利《けんり》ないと思うわ。」などなどなど。

ぼくはせまってくるみんなを押《お》しのけて、「ばっ××××～。」や「ふざ××な！」や「××ほ！」や「く×っ×れ。」など、みんなが大好きな言葉を言いまくった。ぼくはみんなにうらまれてもいい。のけ者でもかまわないんだ。友だちなんかいらない。こういうことになって、せいせいするよ。友だちなんかいらない。みんなと同じじゃなくていい。ぼくはのけ者だけど、特別なんだ。ぼくは好かれなくたっていい。無視《むし》されるほうが楽。ぼくはたしかにがんこだよ。気が強い。そして、ぼくはぼくのやりたいようにやるんだ。ひとりぼっちでも。

お昼前に、シンチアがそばに寄《よ》ってきた。

「ねえ、となりに座《すわ》ってもいい？」

となりに座《すわ》ってほしくなかったので、とりあえずやんわり断《ことわ》った。

「ぼくとグルだと思われるよ。」

休み時間になって、メディとコランタンがぼくをさそいにきた。

「ダニー、サッカーやらないか？」

「ガキっぽいやつらとは、遊ばないよ。」

ムカつくなあ。なんでぼくをサッカーにさそうんだ？　足げりを食わされたいのか？

「ねえ、ちょっとそっちにつめて。」

マリーが、断《ことわ》りもせずに、ぼくのとなりに座《すわ》ろうとした。ぼくは紳士《しんし》っぽくお断《ことわ》りした。

「その大きなおしりを、そっちのほうにつめてくださいよ。」

近づくみんなに冷たくした。

ぼくは教室でも、校庭でも、食堂でもひとりぼっち。


さらにこんどは、たったひとりでおとなたちと対決することになった。成績《せいせき》会議の次の火曜日、先生は、ぼくとぼくの両親を学校に呼《よ》び出して、ぼくの成績表《せいせきひょう》を直接《ちょくせつ》わたした。

「お宅《たく》の息子《むすこ》さんは、ぜんぜん勉強しませんね。」

ロゾフ先生は迫力《はくりょく》のある低い声で言った。

「ダニー。どういうことなんだ。説明しなさい。」

お父さんはぼくに言った。

「ダニー、どうしてなの？　お母さんに話して！」

お母さんはお父さんを押《お》しのけるようにして、ぼくに聞いた。

「だいいち息子《むすこ》さんの教師《きょうし》に対する態度《たいど》は、かなり失礼ですね。」

先生はぼくが同じ部屋にいるのに、ぼくのことは無視《むし》して、お父さんたちに告げ口した。

「ええっ、それはよくないですねえ。」

お父さんは先生の気持ちがよくわかるというような顔をしていた。

「そんなこと、ゆるせませんわ！」

お母さんは大きな声で言った。

「クラスメートに対しても同じです。」

「どうも申しわけございません……。」

お父さんの声はだんだん小さくなっていった。

「申しわけないっていうような問題じゃありません！」

お母さんはさけんだ。

「たしかにクラスのみんなの票で、委員になったんですがね……。」

ロゾフ先生は続けた。

「委員をやめさせたらどうでしょうか。」

お父さんは先生に提案《ていあん》した。

「罰《ばつ》をあたえましょう！」

お母さんはいつものように、なにもかも勝手に決めてしまう。

いつも申しわけないと言って頭を下げてばかりいるお父さんが、ぼくははずかしい。いつもなにかに腹《はら》を立てて興奮《こうふん》するお母さんを見ていると頭にくる。ぼくは手をぎゅっとにぎりしめてだまっていた。口を開いたら、もうどんなひどい言葉でも口に出してしまいそうだったから。

家に帰るとぼくは、きゃんきゃんほえる子犬みたいに文句《もんく》を言い続ける弟たちを部屋から追い出して、ひとりで部屋に閉《と》じこもった。ベッドに飛びこんでボクシングみたいに、まくらをグーでなぐり続けた。かわいそうなまくら。まくらはなにも悪くないのに……。悪いのはあいつらだ。みんなが悪いんだ。

「もうこりごり！」

ぼくはわめきたてた。

「みんななんか、大っきらいだ。みんながぼくを放っておいてくれないんだったら、そうだ、戦争だ！」

8　へんな戦争

委員が戦争やってもイインですか……なんて言わないで。

だって、ほんとうに戦争なんだよ、これは！　宣戦布告《せんせんふこく》！

息子《むすこ》対親。生徒対教師《きょうし》、委員対ぼくに投票した人たち。悪い生徒対学校。ぼくと、ぼく以外の世界中の人たちとの戦争だ。

ぼくは家にいるときも、家族にけんかをふっかけた。ドアを開《あ》け閉《し》めするときには、いつもバタンとうるさい音を立ててやった。冷蔵庫《れいぞうこ》の物を食べまくる。部屋はめちゃくちゃ。だれから話しかけられても無視《むし》。とんでもなく悪ぶるか、いばってみせる。この家族にはもうがまんできない。暗いお父さん。口うるさいお母さん。やかましい弟たち。妹はまだ赤ちゃんだからしかたないけど、ベビーベッドの中にころがって、子ブタみたいにぐーすか寝《ね》てばかりいる役立たず。髪《かみ》の毛ボサボサのおばあちゃんは、いつもガクガクふるえていて、よだ

れを垂《た》らしながらテレビをみているだけ。この家ではハムスターさえイライラしてる。びっくりしたような目で、かごの中のわっかをゴロゴロころがして、ただただ走り続ける。これがぼくの家族？　それはないだろう？　ぼくはただぐうぜん、ここに住んでいるだけなんだ。不幸なぐうぜんだ。

学校ぎらいのぼくが、遅《おく》れてでも授業《じゅぎょう》に出れば、ほめられてもいいぐらいじゃない？でもぼくが教室に入ると、先生たちは、なんだかめいわくそうな顔をする。たとえば音楽の授業《じゅぎょう》、朝の第一限目にある数学、四時半ごろにある科学の授業《じゅぎょう》、英語のテストのとき、あと体育で走ったりするときなんか、ぼくはさぼる。先生たちはため息をつきながら「欠席」とつけるけど、ほんとうはほっとしてるんだ。

「ジャジャ〜ン、今日は学校にきてしまいました〜。ご期待にこたえられず、すみませ〜ん。」

たまにぼくがふいをついて授業《じゅぎょう》に出ると、先生たちにとっては、「スターの登場!!」だったりして？　こまった顔をしないで、ぼくの後ろで花火をあげて、ファンファーレを鳴らせば？

ぼくがまじめに授業《じゅぎょう》に出ているとき、先生たちはぼくにとげとげしい。ジメジメと感じ悪い。ぼくってなぜか、先生たちをイライラさせちゃうらしい。多分それは、ぼくのせいなんだ。わかっているよ。ぼくはよく、先生の話をとちゅうでさえぎる。席から立ち上がって、歩き回る。ガムをかみながら、なにか言われるたびに口答えをする。罰《ばつ》をあたえられると文《もん》句《く》を言うし、教室で携帯《けいたい》をいじるし、前の席の子をペン先でチクチク刺《さ》すし、あっちの子、こっちの子を授業《じゅぎょう》中に呼《よ》んでじゃまする。となりの席の女子をくすぐったり、いきなり窓《まど》を開けたり、窓《まど》から飛《と》び降《お》りるふりをしたり、たばこを吸《す》うふりをしたり、吐《は》くまねをしたり、「先生、ちょっとトイレに行ってもいいですか。」と手をあげたりする。そして一回外に出ると、こんどは「先生、教室に入ってもいいですか。」とドアをたたいたりもする。たまにハイエナのようにキャッキャッと笑ったり、クラスメートのお母さんの悪口を言ったりする。クラスのみんなに「先生たちの言いなりにならないで反発しよう!」とさそう。

ぼくは、動き回る。授業《じゅぎょう》中にしゃべる。笑いころげる、そしてみんなのじゃまをする。授業《じゅぎょう》を妨害《ぼうがい》し、みんなの足手まといになり、やかましい音を出す。とにかくじゃまをする。

先生たちはぼくに腹《はら》を立てて罰《ばつ》をあたえようとするけれども、そんなことは気にならない。

クラスのみんなは、ぼくのことをじゃまだと思っているにちがいない。なのに、ぼくのジョークにはみんな笑いころげる。めちゃくちゃなぼくに向かって「いいかげんにしろ。」とか言っていやな顔をすることも多いけど、ぼくはかまわない。ぼくには仲間はいない。戦うときはいつもひとり。ぼくは戦士、ゆうかんで孤独《こどく》な一ぴきオオカミなんだ。ぼくは、みんなとはちがう。おとなの言いなりの、かっこ悪くてちっぽけで、ばかなガキたちとはちょっとちがうんだ。

最低なのはシンチアだ。世間知らずの代表。妖精《ようせい》の国の夢《ゆめ》見る女王様。そのくせに、ぼくの救いの女神《めがみ》になろうとしている。

「ダニー、ちょっと相談があるんだけど。」

「うるさいな。」

「でも、ダニーがなんだか調子悪そうだから。」

「シンチアを見るといつも調子悪くなるんだ。」

「わたしになにかできる?」

「あっちに行ってくれ。」

「ダニーには友だちが必要なのよ。」

「たしかに友だちは必要かもしれないけど、シンチアじゃなくていいよ。」

「どうして、そんなこと言うの？」

「どうして、うるさいことばっかり言うの？」

「ダニー。お願いだから聞いて。」

「シンチア、悪いけどなにも聞かないで。」

こんなやりとりをすれば、シンチアはがまんの電池が切れて、プイッと怒《おこ》って行ってしまうんだけど、また充電《じゅうでん》し直してこっちにもどってくるんだ。ときにはマシンガンみたいにすごい勢《いきお》いで話しかけてくる。そうでなければマシュマロみたいにあまい言葉で近づいてくる。シンチアが、女神《めがみ》のような笑顔でこっちに近寄《ちかよ》ってくるのが見えると、ぼくはシンチアをひっぱたきたくなる。首をしめて、窓《まど》から放り出したくもなる。でも、ぼくはがまんする。シンチアに暴力《ぼうりょく》をふるったりはしない。シンチアがこわいのかって？　そんなことはないよ！　差しのべられている手からにげてるのはぼくのほうだって？　まさか！

こんな戦争みたいな状況《じょうきょう》のまま、毎日が過《す》ぎて行った。もうすぐクリスマス休暇《きゅうか》だから、学校中なんとなく楽しいふんいきでこの学期が終わろうとしていた。ぼくのうちではクリスマスはどこにも行かない。学期末というのはいつも成績《せいせき》のせいで罰《ばつ》をあたえられる時期だ。二月の冬休みになっても、どうせぼくは外に出ない。寒いから。寒いときにはばくはふきげんになるんだ。

休み中のぼくのワクワクするような予定表を紹介《しょうかい》しよう。

夜中までテレビを見る。昼間は寝《ね》てる。まあちょっと変化を持たせるために、たまに夜中に寝《ね》て、昼間テレビを見る。ぶらぶらする。休み中はあまりにもたいくつなので、ぼくとしたことが！「早く学校がはじまったらいいのになあ。」と思ったりもする。

でも、どうして学校がはじまったらいいなんて思うんだろう？　勉強するためじゃなくてさわぐため、いたずらをするため、ふざけるため。けっきょく、ぼくって学校ではまともなことはなんにもやってないということか……。

9　どうして？

どうしてぼくって、こんなことをするんだろう？

どうしてぼくって、まともにやれないんだろう？

どうしてぼくって、こうなんだろう？

ぼくはいつもいつもだれかと戦争をしている。だれかに腹《はら》を立てている。

「ダニーのはじめての言葉は『いや。』だったのよ。」

ある日お母さんが教えてくれた。

「ミルクのとき、おとなしくチュパチュパ吸《す》うどころか、ほにゅうびんをガリガリかじっていたんだから。もうちょっと大きくなってからは、大きい子のまねして、『マッシュポテトよりハンバーガーちょうだい。』なんて言ってたしね。同じ年ごろの子どもたちがよちよち歩きでかわいらしい時期に、ダニーはもういろんなものをけとばしていたわ。おもちゃはす

ぐこわしたし、幼稚園《ようちえん》をやめさせられそうになって、はらはらしたこともある。そうそう、一年生のときに担任《たんにん》の先生とケンカして、先生を泣かせたんだから。学校では悪い言葉しか覚えてこなかったわねえ。」

お母さんはこんなことも言った。

「わたし、ダニーはほんとうは悪い子ではないと信じてるの。わざと悪ぶってる。そのせいでかんちがいされたり、悪ガキって言われたりして。気分いいわけないでしょう?」

クラスではこんなことがあった。

あれは小学四年の春だった。先生がみんなに、

「好きなこと、好きなものはなんですか。趣味《しゅみ》はなんですか。」

って聞いたんだ。

「サッカーです。」セバスチャンが言った。

「サッカーです。」ジョーダンが言った。

「サッカーです。」エマニュエルが言った。

「サッカーです。」アブデルが言った。

「サッカーです。」テオが言った。

「サッカーです。」マリーが言った。

「サッカーです。」ロマンが言った。

「サッカーです。」ジュールが言った。

「サッカーです。」ママドゥーが言った。

「サッカーです。」ウィルフレッドが言った。

「みんな、サッカー以外、なにも興味《きょうみ》ないのか？」

先生は、イライラしたようすで、机《つくえ》の脚《あし》に自分の足をぶつけながらみんなの発表をさえぎった。

「みんながみんな、サッカーなわけないだろう？　次に同じことを言ったら、休み時間なしにするぞ。」

先生が怒《おこ》ったのを見て、モーガンがあわてて答えた。

「イルカが好きです。」

「わたしもイルカが好きです。」ナディアが言った。

「馬が好きです。」マリーが言った。

「イルカです。」エンゾーが言った。

「ネコです。」クレアが言った。

「馬です。」エマニュエルが言った。

「次に動物が好きって言ったら、おりに入れるぞ。」

先生は顔を赤くして、みんなのことをちょっとおどしてみせた。

「もっと、自分だけのなにかを見つけてほしいな。」

シンチアが、元気よく教室の真ん中に飛び出してきた。そしてまじめぶって言った。

「先生、わたしの趣味《しゅみ》は読書です。」

「ああ、それはすばらしい。」

先生は満足そうな顔になった。

シンチアは先生のきげんを取ろうとしているみたいだった。

「ええっと、ほんとうに好きなのはダンスです。」

「悪くないね。はい、どうも、シンチア、じゃ、次は……。」

先生はシンチアを座《すわ》らせようとした。

「じゃなくて、ほんとうにほんとうに好きなのは、『自然』です。」

「はっきりしてくれよなあ。はい、もういいから席についいて。」

いくら先生でも、シンチアをだまらせるのは無理。シンチアは教室の真ん中に胸《むね》を張《は》って立ち、自信満々《まんまん》な顔をして大きな声で言った。

「わたしがいちばん好きなことは、しゃべることです！」

「ああ？　それは知らなかったな〜。」

先生は、皮肉っぽい声で言いながら、シンチアの腕《うで》をつかんで、席まで連れて行き、強引《ごういん》に座《すわ》らせた。

そして、ぼくのほうをふり向いて、だまっているぼくに質問《しつもん》した。

「で？　ダニー、きみの好きなことはいったいなんだね？　まさかダンスじゃないだろう？」

クラスのみんなはゲラゲラ笑っていた。ぼくがチュチュを着ておどっているのを想像《そうぞう》した

んだろう。

「ダニーのことだから、まさか動物が大好きってこともないよなあ。でも、たまに犬みたいにほえるからなあ。ダニーはときどき狂犬病《きょうけんびょう》の犬みたいにあばれまわるしね。」

ぼくはちょっと傷《きず》ついた。体がかたくなってきて、なみだがこみあげてくるのがわかった。

先生は、はっとした顔で、申しわけなさそうにあやまった。

「ごめん、ダニー。こんなふうに言うつもりじゃなかったんだ。」

先生、もう遅《おそ》いよ。言ってしまったことは言ってしまったこと。ぼくはこぶしをにぎりしめた。たぶん目つきも変わっていたと思う。ぼくはがばっと立ち上がって、はっきりと言った。

「ぼくの趣味《しゅみ》は、人にいじわるをすることです。」

心の底からさけんでいた。教室中が一瞬《いっしゅん》にしてしーんとなった。みんなびっくりした顔で、ちょっと心配そうにぼくを見ていた。頭がどうかなっちゃった人か、殺人犯《はん》か、大うそつきを見るような、目つきだった。でも、ぼくはうそなんかついてない。

「ダニーは、ほんとうはいじわるな子じゃないわ。うわべだけよ。ほんとうは心のやさしい子なのよ。」

お母さんは言った。

「かたそうに見えて、中はやわらかいのよ。きっとそうよ。」

ほんとうのぼくのずっと奥《おく》には、行き場をなくしたひとりぼっちの男の子と、秘密《ひみつ》をいっぱいかかえているさびしがり屋の男の子がかくれているんだ。だれかに好きになってもらいたくて、待って待って待ってる男の子がここにいるんだよ。だれにも聞こえない。さけんでも呼《よ》んでも、ぼくの声は届《とど》かない。だれもぼくに答えてくれない。だからほんとうに信頼《しんらい》できるだれかが現《あらわ》れるなんて思わないことにしたんだ。

毎日いろんなことが起こる。がまんしなきゃならないことがいっぱい。苦しいことにもぶつかる。やさしいふりをして近づいてきて、ひどい言葉でつきはなす人がいっぱいいる。ぼくは、大きくなるにつれてそのことがわかってきて、自分を守るよろいをつけたんだ。

ぼくにはぼくの哲学《てつがく》がある。五つの鉄則《てっそく》。

1　自分が自分のことを好きじゃないんだから、好かれないのはしょうがない。

2　傷《きず》つく前に、攻撃《こうげき》したほうが、傷《きず》つかないですむ。

3　失敗したくなければ、挑戦《ちょうせん》しない。

4　なにも期待しなければ、期待はずれでがっかりすることもない。

5　相手がノーと言う前に、先にノーと言ったほうが勝ち。

まちがってる？

10　よくないアドバイス

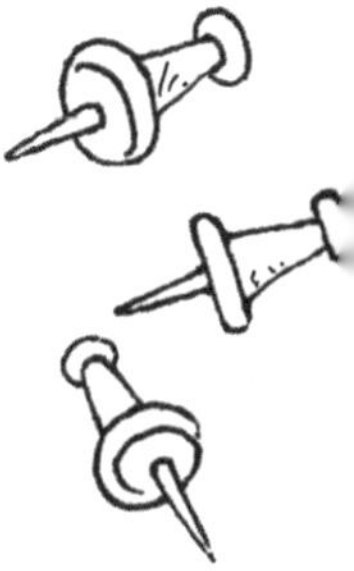

もうすぐ二学期の成績《せいせき》会議だ。授業《じゅぎょう》のあと、ぼくは担任《たんにん》のロゾフ先生に呼《よ》ばれた。

「こんどの成績《せいせき》会議は、クラスの代表として、ちゃんと出席してくれないか。『そんなことどうでもいい。』って言うかもしれないが、ダニーは頭もいいんだし、言いたいことは言うべきときにしっかり言えるだろう。そういうすばらしい能力《のうりょく》を一回でいいから、クラスのみんなのために発揮《はっき》してくれないかな。」

先生はぼくが反論《はんろん》すると考えていただろう。ぼくとじっくり話し合うつもりだったと思う。でもこの日のぼくは、ひかえめでにこやかな、かわいい生徒だった。ぼくはやさしい声でこう答えたんだ。

「はい、ロゾフ先生。問題ありません。先生の言うことはわかります。先生がおっしゃるとおりにします。」

先生はわけがわからないって顔をしていた。

「ダニー、どこか具合でも悪いのか？　そうか、心をいれかえてくれたんだね？」

ぼくは天使のように笑い返した。先生はなおさら心配そうな顔をした。

先生の顔を見て、ぼくは、心の中でこっそり笑った。天使のぼくにはいいアイディアがあったんだ。きっとうまくいく！　だからいまは、ロゾフ先生によけいなことは言わないでおこう。


ぼくたちのクラスをよりよくすることに、ぼくが無関心なのが悪いのなら、先生の願いどおり、クラスのために働こう。身も心もクラスのために！　ぼくにだって心があるんだからね。クラス委員の仕事にすべてをささげよう！　クラスのためにつくします！

先生は、「ダニーは言うべきときに言いたいことが言える。」と評価《ひょうか》してくれた。「もっとクラスのために意見を述《の》べなさい。」と言うなら、ぼくはこんどの会議でとことん話すよ。話して話して話してやるぞ！　先生のおっしゃるとおりにいたします。死ぬ気でおつかえしますとも。

「もうこりごりだから、言いなりにならないでくれ。」って言われるまで、先生の言いなりになりますよ。そうすれば、先生もぼくに罰《ばつ》をあたえられなくなる。ぼくは「先生の言うとおりにする。」と決めた。「先生の期待以上」に！

さあ、成績《せいせき》会議の日。各生徒の名前の並《なら》んだ表が配られた。それぞれの生徒についてどう思うかを記入するらんがある。クラス委員としてのコメントをつけるところだ。その表を書きながら、発表もする。まずぼくは生徒ひとりひとりについて思っていることを言った。そのあと先生たちのコメントが出て、それに委員として答える。委員として各生徒に評《ひょう》をつける。あのシンチアさえ割《わ》りこめないぐらい、ぼくは話し続けた。『言いたいことは言うべきときにしっかり言える。』ダニーだからね。ぼくがしゃべり続けるせいで、成績《せいせき》会議はなかなか終わらなかった。みんな歯ぎしりしたり、大げさなため息をついたりした。そして、ついに文句《もんく》が出はじめた。けっきょく、いちばん先に音《ね》を上げたのは教頭先生だった。

「ダニー。この会議に必要なことだけ、もっとてみじかに言ってくれればいいんですよ。」

「でも教頭先生。ぼくが話してること、クラス委員として大事なことばかりだと思いますけど。」

「いいえ、ぜんぜん！」

フランス語の先生が、教頭先生にかわって思いっきり元気よく言った。

「ダニーの口約束、いかにもいい子ぶった提案《ていあん》、ばかげた説明、どれも役に立たないことばかりです。ダニー、ちょっとしゃべりすぎです。」

「でも、委員として言いたいことが山のようにあるんです。先生は授業《じゅぎょう》で、ことわざ『チリもつもれば山となる』を教えてくださったじゃないですか。」

ぼくはすごく頭のいい子のふりをした。

「それはそうだけど、山のようなチリがいいって意味じゃない。」

こんどはロゾフ先生が反撃《はんげき》した。

「さあ、ダニー、こんどはきみの番だ。きみの成績表《せいせきひょう》は一学期より、もっと悪くなってるぞ。」

「それについてはいまから説明しようと……。」

ぼくは校長先生に反論《はんろん》するつもりだった。

「いいかげんにしなさい！　もう時間切れだ。」

校長先生は、ほかの先生たちのほうに向き直って、こう宣言《せんげん》した。

「ダニーの成績《せいせき》はひどいものです。それにダニーの態度《たいど》もがまんできません。たしかに頭は悪くないと思いますが、こんなに成績《せいせき》が悪くて、こんなにはっきり勉強するのがいやだという態度《たいど》を見せている子どもを、進級させるのはどうかと思います。三学期にやる気を見せてくれなかったら、落第させたほうがいいと思いませんか。」

ぼくは飛び上がるほどびっくりした。落第だって⁉　落第したら、学校で過《す》ごすのが一年分長くなるじゃないか！　自分よりも年下の子たちと、もう一年勉強しなきゃならなくなる？　今年やったあのつまらない授業《じゅぎょう》をもういちどやり直すなんて、おもしろいわけがない。絶対《ぜったい》にいやだよ！

とつぜんお先真っ暗になって、ぼくはもうなにも言えなくなった。口がきけなくなったぼくは、じっとして死んでしまったみたいに無気力なまま会議を聞いていた。先生たちは交代で、どんなにぼくをもてあましているかを話していた。そうしたらうっぷんが晴れるとでも考えているかのように。シンチアはたぶん点数かせぎをしようと思っていたんだろう、たまにぼくをかばうようなことを言ったけれども、先生たちの耳には入らなかった。ぼくは言いたいことをじっとがまんして、そのまま静かに会議室に居続《いつづ》けた。そしてストレスをためこんだまま家に帰った。

ロゾフ先生にだまされた。クラスのために出席して発表しろって言うからそうしたのに。肝心《かんじん》な自分の番になったときに、なにもできなかったじゃないか。こんなのはひどすぎる！家に帰って弟が「成績《せいせき》会議どうだったの？」って聞くから、きげんの悪かったぼくは、ついにキレた。

「じょうだんじゃないよ。最低だった。あんなの会議でもなんでもない！」

11　悪いことばかり

「先生たちなんか、どうにでもなれ！　なにもかも先生たちのせいだ。」

ぼくは鬼《おに》みたいに真っ赤になって、のろいの言葉を唱え続けた。もぐりこんだベッドで、もうれつに腹《はら》を立てた。

「先生たちよ、みんないなくなれ！」

魔法《まほう》の呪文《じゅもん》みたいな言葉が、太鼓《たいこ》の音のようにドンドコドンドコ頭の中でひびき続ける。

きらいな相手とせいいっぱい戦って、そいつにがまんできなくなったら消えてもらう。それがぼくの物語作りのルールだ。秘密《ひみつ》だけど、ぼくはいま、学校が舞台《ぶたい》になっているミステリーを書いているんだ。

現実《げんじつ》の世界では「きらいな人にはいなくなってもらう。」なんてできるわけがないんだけど、紙の上ならなんでもＯＫ。想像《そうぞう》するだけだよ。ただの物語として、ちょっと書いてみるだけだ。

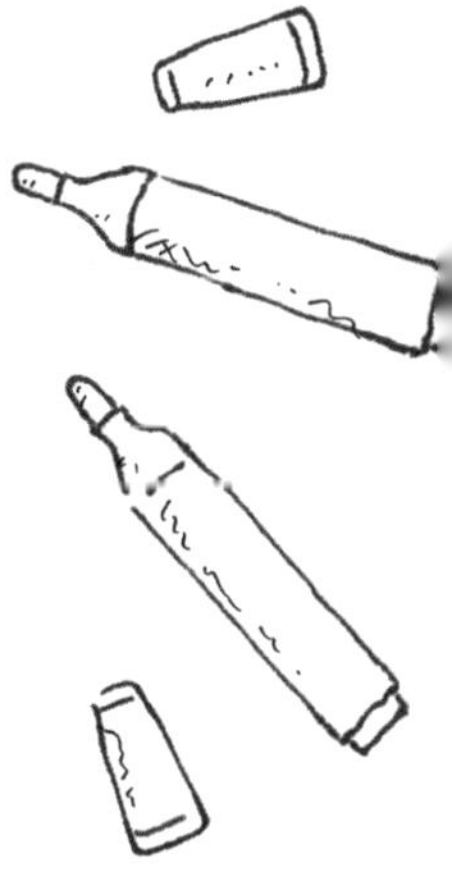

ぼくは殺人犯《はん》じゃない。らんぼうな人間でもない。たまにだれかのことをにくたらしいと思うことはあるけれど、ほんとうにやっつけようと思ってるわけじゃない。本気でだれかを悲しませるとか、まさか、手を血でよごそうなんて思わない。「学校には行きたくない、先生には会いたくない。」と思うことがある。でも、この世からほんとうに消えてしまえと思ってるわけじゃないんだ。ただ、ぼくが自由に生きるのをじゃましないでほしいだけ。

だから、先生たちのこと、ほんとうに殺したりはしない。物語の中でちょっとこらしめるだけ。

物語を書くことは、成績《せいせき》会議の次の日にいきなりひらめいた。ロゾフ先生の授業《じゅぎょう》中だった。前の日のめちゃくちゃな会議のことを考えて、授業《じゅぎょう》に集中できなかった。ロゾフ先生に裏《うら》切《ぎ》られた気持ちになっていたから、先生をどう処分《しょぶん》しようかと、殺人犯《はん》のような目で先生を観察したんだ。先生は惑星《わくせい》の未来について熱心に話していた。

「地球なんか、どうでもいいよ。」と思いながら聞いていたんだけど、先生の顔をじっくり観察しているうちに、おもしろいことを思いついた。

（頭、顔、目……うん、これはいいアイディア!!　丸い地球が先生の目玉になったら？）

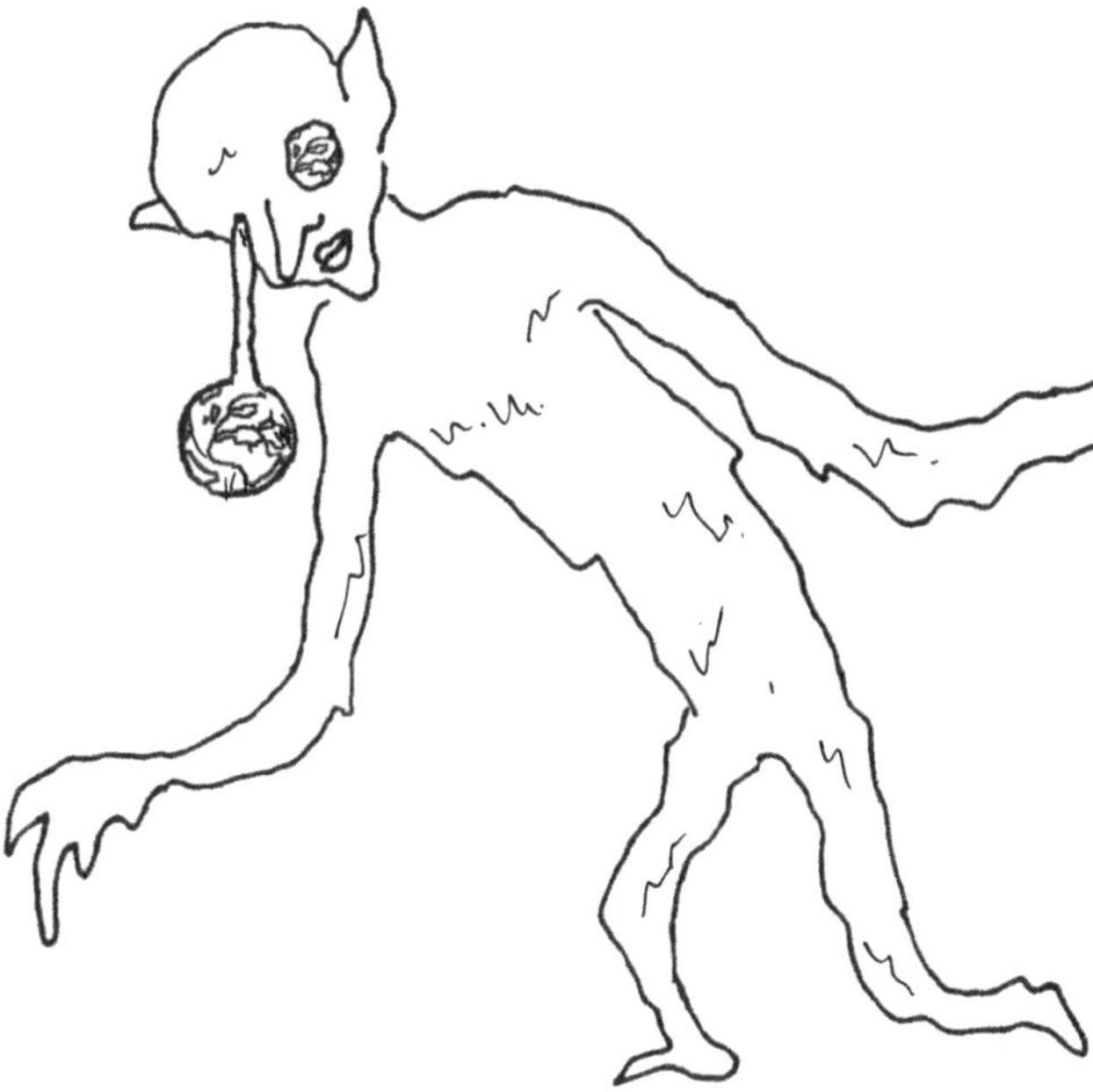

　ぼくはとつぜんロゾフ先生の分身になった。先生は宇宙《うちゅう》人でむらさき色の顔をしている。形はめちゃくちゃにくずれていて、地球の模様《もよう》をした目玉が、真っ赤にはれて飛び出す。そして先生は、苦しみながら最後にこう言う。

「子どもたちよ、地球は丸い。それを忘《わす》れてはいけないよ。ううう。」

　ぼくは、魔法《まほう》にかかったように、ぼーっとなりながら、ノートを開いた。いきなりペンを取って、思いついたことをどんどんノートに書きはじめた。

　ぼくがノートから顔を上げたとき、歴史の授業《じゅぎょう》がはじまっていて、先生は、エジプト遺跡《いせき》の模型《もけい》の前で話をしていた。

（う～ん、あの石像《せきぞう》が先生のほうにたおれたら、おもしろいだろうな。)

　先生はたおれてきた石像《せきぞう》をおんぶしたまま、壁《かべ》にうまってぺたんこになる。壁《かべ》に張《は》りついた先生が、紙みたいにヒラヒラゆれるっていうのはどうかな。「永遠《えいえん》の命」を望んだ先生は、壁《かべ》に張《は》りついたまま、「永遠《えいえん》の壁紙《かべがみ》」になるんだ。ちょっと待って。歴史の先生らしく、「壁《かべ》紙《がみ》」じゃなくて「壁画《へきが》」っていうことにしよう。顔は横を向いたまま。エジプトの壁画《へきが》の人みたいに片足《かたあし》を持ち上げて、手は直角に曲がったまま、天をあおいでいる。太陽の神についての文句《もんく》を言う子どもたちの話をだまって聞く。ただ聞くだけ。壁画《へきが》になった先生は天をあおいだままじっとして、地球の模様《もよう》の目が、キョロキョロしてるだけ。動けないからなんにもできない。そして、どんなときにも口出しをしない。ただ、天をあおいでるだけ……。

　授業《じゅぎょう》中にぼくが考え出したいろんなシーンは、けっこうリアルだった。ペンがどんどん勝手に動いて、次々《つぎつぎ》とおもしろいアイディアが並《なら》んでいく。ぼくは思いついたことを次々《つぎつぎ》に書いていった。なんども書き直して、読みやすくなるようにした。早く続きを書かなければ！　壁画《へきが》になった先生が見守る中、歴史はごちゃまぜに入り乱《みだ》れる。地震《じしん》が起こり、たくさんの戦争が起こり、世界大戦も、冷戦も、宇宙《うちゅう》戦争もやってくる。ぼくは魔法《まほう》にかけられ、もう書くことしかできなくなる。書く。読み直す。ちょっと顔を上げて、また夢《ゆめ》を見る。

いきなりチャイムがなって、授業《じゅぎょう》が終わった。（なに？　もう終わり？　まだ書き終わってないのに！）この日、生まれてはじめて「授業《じゅぎょう》時間が短すぎる。」と思った。

次の授業《じゅぎょう》がはじまった。フランス語。詩の授業《じゅぎょう》。先生はいろんな詩を読んで、どんなに美しいか、表現《ひょうげん》の特徴《とくちょう》について語りはじめた。ぼくは、先生が詩によいしれて鼻の穴《あな》をピクピク動かすのを見ていた。そして、ミミズがヘビみたいにシュルシュルという音を立てながら、先生の鼻や右目から、出たり入ったりして、先生が「ううう。」と苦しみに耐《た》える姿《すがた》を想像《そうぞう》した。フランス語の授業《じゅぎょう》用のノートをさっと開く。「文章表現《ひょうげん》」の項目《こうもく》に、思いついたことを急いで書いていった。気持ち悪いことをいっぱい想像《そうぞう》して、読み直すときに、もっと気持ち悪くなるようにと気をつけながら、とんでもなく気持ち悪い文を作ってみた。フランス語の授業《じゅぎょう》中、ずっと言葉探《さが》しをしながら過《す》ごしたので、この時間もまたあっという間に過《す》ぎていった。ほんとうに「授業《じゅぎょう》時間が短すぎる。」んだ。書くことはぼくにあたえられた使命なんじゃないかな。

これからは、毎回授業《じゅぎょう》のたびに、学校ミステリーを作ることにした。先生たちのことを書き、どんどん話をふくらませて、できるだけおもしろく、でも、日ごろのうっぷんを晴らすために、先生たちにはたっぷり苦しんでいただこう。でも、ただ理由もなく苦しめるんじゃおもしろくない。学校が舞台《ぶたい》のミステリーなんだから、各教科、各先生に特徴《とくちょう》のあるストーリーにするんだ。それぞれの先生を、その教科に合わせて苦しめるのにいちばんいい方法はなんだろう。


数学の先生だったら、自分が教えた「引き算」のせいで、「この世界にはひとり多すぎます。マイナス1。」というわけで、消えていただく。

フランス語の先生だったら、難《むずか》しい言葉の嵐《あらし》を巻《ま》き起《お》こし、単語の竜巻《たつまき》でふっ飛ばす。

英語の先生だったら、「殺す」という単語は英語で「キル」だから、頭をギロチンで「切る」？　ちょっとかわいそうだから、マリーアントワネットみたいにきれいなドレスを着せてあげよう。

歴史の先生だったら、もうこれはいくらでも案がある。だって、歴史の中ではたくさんの

人が苦しめられ、殺され、不幸な目にあったんだもの。「例」はいくらでもある。

地理の先生だったら、ぼくは先生を迷路《めいろ》の中に送りこむ。太平洋をクロールで横断《おうだん》させる。とどめに、ナビでも見つからないぐらい小さくなった先生を、地図から消してしまう。

生物の先生だったら、解剖《かいぼう》してからビンづめと標本にする。はくせいにして壁《かべ》にかけてもいいな。

化学の先生だったら、薬品を飲ませてよっぱらわせ、つかれてたおれるまで踊《おど》らせる。

音楽の先生だったら、鼻と耳と口をふさいで、ピーヒャラ、ギャーギャー言えないようにする。

美術《びじゅつ》の先生だったら、消しゴムをかけて消す。

体育の先生だったら、まずラケットでたたく。遠くまで飛んだボールを全速力で取りに行ってもらう。もどってきたら、ボクシングのリングでサンドバッグになってもらう。

学校に行くのが楽しくなった。教科によっていろいろだけど、席についたらすぐにノートやバインダーを机《つくえ》の上に出す。前の授業《じゅぎょう》中に使った単語表を取り出して、また書き加えていく。自分で好きなテーマを見つけて、自分の好きなように書くのは楽しくてたまらない。新しい言葉を考えたりするのもすごくおもしろい。でも、それには言葉をたくさん知っていたほうがいい。自由に言葉や文章を生み出していくのが、こんなに楽しいなんて思わなかったよ。

日がたつにつれて、ノートのページ数は増《ふ》え、物語はどんどん長くなっていった。どの先生たちのミステリーも、その教科の特徴《とくちょう》に合わせた表現《ひょうげん》や言葉を選んで、笑えるストーリーに変えていった。ぼくは、いちいち細かいシーンを書いたりはしなかった。さし絵をつけ加えたり、陽気なコメントを入れたりして、先生たちの「さいごのセリフ」にはとくに力を入れて、おもしろくなるようにした。「さいごのセリフ」は先生たちの「別れの言葉」だから大事なんだ。

たとえば「さいごのセリフ」の中で出される「さいごの宿題」は、こんな感じになる。先生たちはいつも細かい指示《しじ》を出すからね、そのことを書いておかなければ。

「火曜日までに四十八ページのAの3をやってくるように。」

そのほかに、ノートの取り方についての細かい指示《しじ》。

「線の入っているノートを使い、名前を書いて下線を引くように。」

絶対《ぜったい》に忘《わす》れてはいけない決まりも、ちゃんと「さいごのセリフ」に入れておかなければならない。

「主語・動詞《どうし》・目的語をあきらかにして、符号《ふごう》をつけよ。」

わっけわかんないけど、先生たちっていつもこんなこと言ってるでしょ。

そして先生たちが「さいごのセリフ」を残す瞬間《しゅんかん》、先生たちは悲しみのなみだを流す生徒たちに向かって、「秘密《ひみつ》」を明かす。

「いいね、四十八ページのAの3は、よく覚えるんだ。こんどのテストに出るからね。よく覚えるんだよ！」

テストに出る問題を教えてくれる先生がいればサイコー！

授業《じゅぎょう》中のぼくは、書いているミステリーのことばかり考えているんだけど、授業《じゅぎょう》をまじめに聞いているように見えるだろう。ぼくの小さなノートはどんどん中身が増《ふ》えている。先生たちの言うこと、先生たちの動作、表情《ひょうじょう》、なにひとつ見のがさないように、よそ見をしないで先生をじっと見るようにしているんだ。なにも聞きもらさないように、耳をすます。気づいたことは全部書く。文章を作ってみる。書き直す。まるですごくまじめな生徒みたい。だれにもじゃまさせない。ぼくはほんとうに真剣《しんけん》に授業《じゅぎょう》を受けているんだから。

12　グループでの作業

ぼくのまじめな態度《たいど》に、みんなびっくりしている。

たとえばアーノー。数学の授業《じゅぎょう》のときに、先生からぼくのとなりに座《すわ》るように言われて、それ以来しかたなく座《すわ》ってる。最近、ぼくがなにかを必死に書いているのを見て、ついにぼくのノートをのぞきこんできた。

「なに書いてんの？」

「なんでもないよ。」

「見せろよ！」

「ほっといてくれよ！」

ちょうどおもしろいところを書いていたときだった。数学の先生が三角定規《じょうぎ》を飲みこんでしまうんだ。その三角定規《じょうぎ》が胃袋《いぶくろ》の中であばれまわって、先生を苦しめているシーンを書い

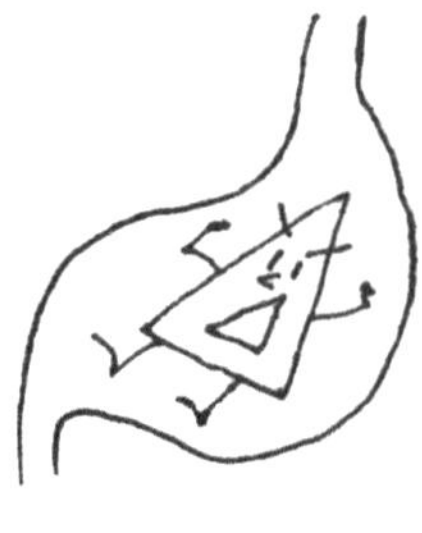

ているときに、アーノーがノートをのぞきこんできた。ぼくは腕《うで》を広げて、アーノーに見られないようにノートの上にかぶさった。でもアーノーは、書いてあることにすごく興味《きょうみ》があるようで、しつこく「見せて、見せて。」と言い続けた。そしてちょっと油断《ゆだん》をしたすきに、ノートを見られてしまった！

ほんのちょっとだけ、ぬすみ見をしただけだったのに、アーノーは大きなため息をついた。

「わあ、おもしろそうじゃないか。」

ぼくはいつもなら、アーノーをばかにして怒《おこ》らせ、放っておいてもらえるようなことを言ったかもしれないけど、アーノーがあまりにもほめてくれるので、うれしくなった。それに、いつもひとりでいることが、最近ちょっとつまらなくなっていたんだ。だって、考えてみると、いつもいつもひとりでいるっていうのは、ほんとうにひとりぼっちってことだ。ぼくは急に、自分のやっていることをだれかに見てもらいたくなった。自分が感じたことをだれかに伝えて、どう思うかを聞いてみたい気持ちになった。

ぼくには文章を書く才能《さいのう》があるんじゃないかと思う。天才かもしれない。うん、それはたしかだ。まだだれにも認《みと》められていない。でも、有名になって、みんなに認《みと》められたら、すばらしいなあ。

まるで人見知りをするはずかしがり屋のように、ぼくはノートの上に置いた腕《うで》を動かした。そして、アーノーがなんというか気にしながら、おそるおそる、書いているミステリーについて、説明をはじめた。

「これは、学校が舞台《ぶたい》になっているミステリーなんだ。」

「ミステリーって？」

「殺人事件《じけん》が起こったり……。」

「さっき見たところ、数学の先生が『ううう～。助けて～。』とか言ってたけど……数学の先生が主人公なの？」

アーノーはずいぶん興味《きょうみ》を持っているみたい。

「数学の先生だけじゃなくて、この学校の先生たちみんなだよ。決まってるじゃないか。みんな同じように苦しむんだよ。ははは。不公平はかわいそうじゃないか。ぼくはえこひいきはしないんだ。」

「すごいじゃないか。ぼくにもなにか手伝わせてよ。小説家にはアシスタントがいるんだろう？」

「いやだよ。え、でもちょっと待って。うーん、どうしよう。そうだなあ……どうせなら……手伝ってもらおうかな。ぼくよりおもしろいアイディアある？」

アーノーになんて言われるか、ちょっと心配していたのにほめられて、なんとなく自信が出てきた。

「これ、ちょっと読んでみてよ。」

アーノーのほうにノートを差し出した。数学の授業《じゅぎょう》中に起こる殺人事件《じけん》のシーンを読んでもらった。

「わあ、この三角定規《じょうぎ》が胃袋《いぶくろ》であばれるシーン、さし絵もリアルでおもしろいなあ。」

アーノーはものすごく感動してくれて、ぼくたちはこっそり笑った。

授業《じゅぎょう》をやってる実物（？）の数学の先生が、ぼくたちのようすを遠くから見ていた。ぼくたちが頭をくっつけて楽しそうにしているのを見てなにも言わなかった。それよりも先生はなんだかうれしそうに見えた。たぶんこのぼくが真剣《しんけん》に授業《じゅぎょう》のノートを取って、クラスメートと授業《じゅぎょう》について語り合いながら、仲良く笑っているとでも思ったんだろう。先生は三けたの割《わ》り算《ざん》がどうしてそんなに楽しいんだろうと不思議に思っているだろう。先生はぼくがアーノーといっしょに「165÷3」の答えを考えていると思ったんだろうけど、ぼくたちが考えていた数学は、もっとおもしろい数学だった。

「ねえ、先生たちが集まるのは、正方形の教室にする？ それとも長方形の理科室？」

「事件《じけん》は何曜日の何時にしようか？」

「先生たちをソーセージみたいに、輪切りにするだろう？ 四等分にする？ 三等分って難《むずか》しいよね？」

ぼくたちがこんな楽しい数学をやっているとは、先生は想像《そうぞう》もしていなかっただろう。休み時間、ぼくたちはまるで前からの約束だったみたいにいっしょに過《す》ごした。

「ねえ、もっといっぱい書いてるんだろう？」

「いっぱいってことはないよ。それにバラバラで、まとまらないんだよ。」

「でも、このごろなにか必死に書いてばかりいたじゃないか。ねえ、見せてよ。」

「うーん、どうしようかなあ。」

「たのむよお。」

アーノーは、どうしても見せてくれと言ってしつこかった。アーノーがあんまりにもせがむものだから、ぼくはこれまでに書いた物語を見せることにした。アーノーは、ときどき「ごくん。」と音を立てて、生つばを飲みこんだ。つばを飲みこみながら、ぼくのミステリーもひと息で飲みこむように、一気に読んだ。そして、感動したようすで言った。

「マジで、これ、すごいよ！　それぞれのシーンが目にうかぶよ。ダニーは書くのがほんとうにうまいなあ。」

（え？　ぼくが？　書くのがうまいだって？　てれるなあ。でも、まあ、それは、アーノーだけの意見だからね。）と思っていたら、アーノーはぼくのミステリーのことをメディに話してしまった。メディはこんどはコランタンに伝えた。コランタンはシモンにしゃべってしまった。それをサナとマリーが聞いていた。ふたりはシャーリーに物語の一部を語って聞かせ、シャーリーはカティーを呼《よ》んで、話を聞くように言った。

こうやって、すぐにクラスの全員に、ぼくが学校を舞台《ぶたい》にして、先生たちをやっつけるミステリーを書いていることがばれてしまった。それが思いがけず、なんと、みんなを感動の渦《うず》に巻《ま》きこんでしまったんだ。

(シンチアも?　感動してくれてる?)

それはなかった。シンチアはショックを受けて、「これは大問題よ!」とさわぎだしてしまったんだ。

「そんなミステリーを書くなんて、先生方を尊敬《そんけい》していない証拠《しょうこ》よ。」

「尊敬《そんけい》」ねえ。なかなか難《むずか》しい言葉を使うね、シンチアは。

ぼくはもちろん反論《はんろん》したよ。

「そんなことないよ、その反対だよ。これは先生たちへのお礼だよ。ぼくはとくにふだんからお世話になってるからさ、話の中では主人公になってもらったんだよ。みんなかっこよくおさらばするんだ。それぞれの教科の先生らしく、人生を全《まっと》うするんだよ。ぼくはさ、先生方のことが大好きなんだ。先生方は学校のお仕事をするために、『死ぬほど』働いているんだ。だから、死ぬときも数学なら数学の先生らしく。フランス語ならフランス語の先生らしく死ぬんだよ。けっこう頭使って書いたんだからね。」

「でも、いけないことだわ。」

「シンチアって、だめだなあ。」

「そんなこと書いたらだめよ。」

「シンチアって、いけないなあ。」

《かのじょはその青い目で、黒い闇《やみ》をにらみつけるようにぼくを見た。そして、ぼくに背中《せなか》を向け、泣きながら走り去った。》

(ぼくって、表現力《ひょうげん》あるなあ。)

早い話、シンチアは、ぼくが急にクラスの注目を浴びたことに、やきもちを焼いているんだ。


いろいろなことが変わった。ぼくはもうクラスのきらわれ者じゃない。冷たくされることもなくなった。

「ダニー、すごいよ。こんな才能《さいのう》があったなんてね!」

「ダニー、感動的な物語をありがとう。」

「ねえ、どんなふうに書いたら、わたしの作文もおもしろくなるかしら。」

クラスメートは、こんなことを言いながら、ぼくのそばに集まってくる。ぼくがやること

を見て、笑いかけてくれる。そしてぼくは、教室で友だちといっしょに笑うことが多くなった。いろいろなことを話し合ったり、ひとつのことをいっしょにしたりするのは、なかなか楽しい。ぼくのハートはだんだんやわらかくなっていく。まわりの人にやさしくできるようになった。みんなの中にいて、自分だけが変わり者だなんて思わなくなった。

そして、自分がみんなに好かれているような気がする。

物語を作ることで、友だちといろいろなアイディアを出し合うことになれば、新しい文章が加わったり、けずられてしまったりもする。だらだらまとまりがなくなったり、アイディアがうかばなくなったりすることもあるかもしれない。

いちばん不安なのは、ぼくたちの作っている物語が、先生たちの耳に入るかもしれないということ。先生たちにはあまりよく思われないだろうし、ユーモアなんか通じないんじゃないだろうか。

ぼくは、いままでごちゃごちゃ書いてきたことを、教科ごとに書き並《なら》べてみた。それから、アシスタントになってくれたアーノーとメディに助けてもらって、ちょっとまとめることにした。

たくさんのアイディアがうかんできた。どんどんへんてこりんな話になっていった。「バッカみたいな話!」と思うこともある。どこかで読んだことがありそうな気もするし、詩のようできれいな文章だと思えることもある。ストーリーの展開《てんかい》はますます広がっていった。

さらにぼくは、『授業《じゅぎょう》の終わり』と名づけて、みんなのアイディアを募集《ぼしゅう》した。

〈だれがいちばん、その教科にふさわしい方法で、先生をやっつけるか。それはどんなやり方なのか。〉というのがテーマだ。

メディは毎日授業《じゅぎょう》のあと、お母さんが働いている会社に寄《よ》る。お母さんの仕事が終わるのを待って、いっしょに帰るためだ。ある日ぼくはメディにくっついておばさんの会社まで行き、会社の事務所《じむしょ》でコピーを取らせてもらった。そして、ぼくたちはそれをクラスのみんなに配った。ほかの学年の生徒たちにも配った。ぼくはクラスの友だちといっしょに、そのアンケート用紙を集めてまとめるんだ。

(そう、いまやみんなはぼくの友だちだ。)

なんてたいへんな仕事なんだ!

とってもいそがしかった。いそがしすぎて、へとへとだった。

でも、ぼくは責任《せきにん》を感じていたからがんばってやったんだ。アンケートを集めて、みんなの話を聞き、それを管理して、物語作りに使えそうなものを、みんなに選んでもらう。学級委員の役目と同じだ。

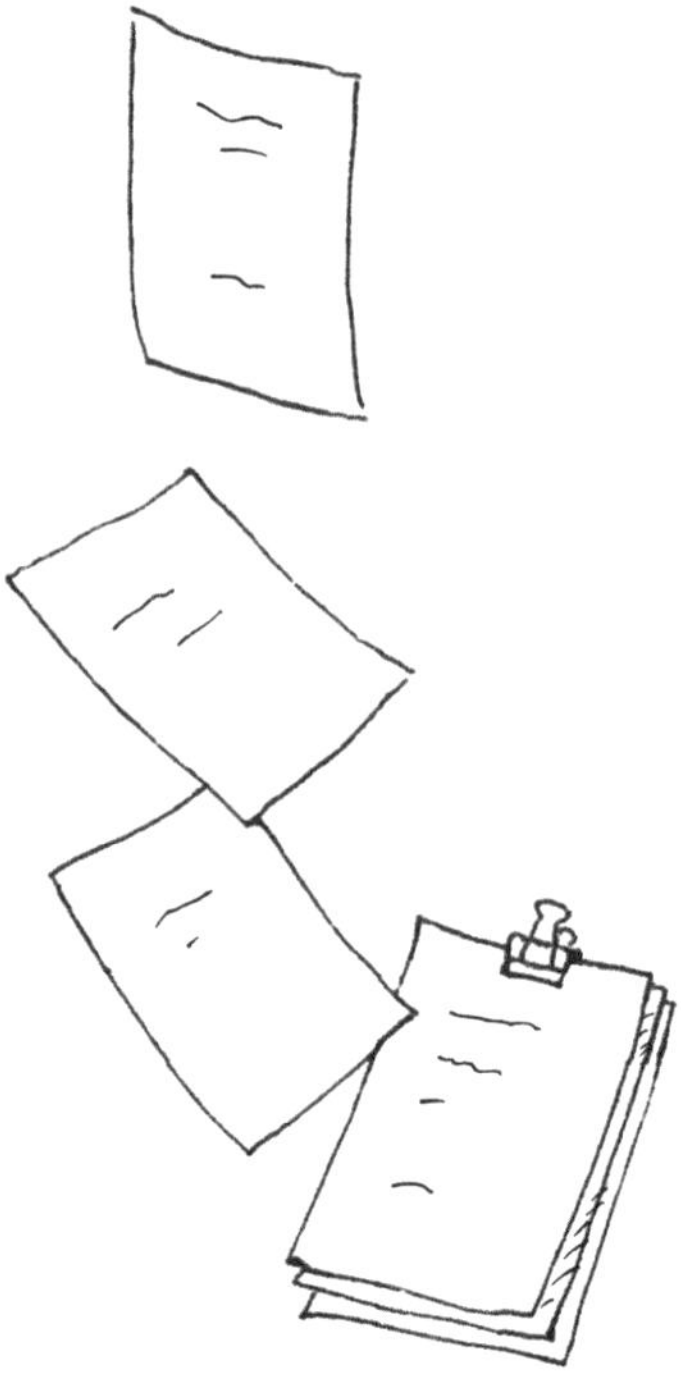

13　まとめてみよう

ようやくアンケートの回収《かいしゅう》が全部終わった。集めて回答ごとに分け、数を数えたりまとめたりした。そして答えが出た。

フランス語の先生――難《むずか》しい言葉を使いすぎるから、のどの奥《おく》に単語のかたまりをつめこまれる。

数学の先生――ルールにうるさすぎるから、四つに折られ、さらに八つに曲げられ、三十六回たたまれたところで、ゴミ箱《ばこ》に捨《す》てられる。

英語の先生――話すときに手をバタバタするのがいやがられている。じっとしてもらうために、アメリカ人の大好きな、緑色のゼリーの中に閉《と》じこめられる。

ドイツ語の先生――鼻がいつも赤い。ビールの飲みすぎじゃないの？　ビールのおつまみ

で有名な、巨大《きょだい》ブレッツェルの形に結ばれてしまう。

スペイン語の先生――おもしろいけど、授業《じゅぎょう》はさっぱりわからない。体じゅう真っ赤にぬられて、闘牛場《とうぎゅうじょう》の真ん中に捨《す》てられる。

イタリア語の先生――スパゲッティーでしばられて、逆さ吊《さかづ》りにされる。

化学の先生――陰気《いんき》でぶきみ。塩酸《えんさん》のプールにつっこまれる。

テクノロジーの先生――授業《じゅぎょう》のとき、専門《せんもん》用語が多くてさっぱりわからない！　パソコンの中で迷子《まいご》になってもらう。

音楽の先生――いつも時間内に授業《じゅぎょう》が終わらない。チャイムが聞こえないんじゃない？　だったら耳そうじ～！　先生の右耳から左耳を、フルートがつきぬける。

体育の先生――世界でいちばん筋肉《きんにく》モリモリで強いと、いばってるのがきらわれている。ラグビーのスクラムに押《お》しつぶされてダウンする。

美術《びじゅつ》の先生――静かすぎて、いるのかいないのかわからない。消しゴムで簡単《かんたん》に消されるだろう。

司書の先生――おっちょこちょいだ。パソコンのマウスを、生きてるネズミにすりかえら

れたことに気づき、心臓発作《しんぞうほっさ》でたおれる。
校長先生――目つきがこわすぎる。わきの下と足の裏を一晩中《ひとばん》こちょこちょされて、笑いすぎて体がよじれる。
教頭先生――いつもジャラジャラと派手《はで》につけている自分のネックレスに、首をしめられる。

ぼくのアイディアだけじゃない。ぼくが考えたのとはまったくちがっていたものもあるし、ぼくがいちばんやりたかった方法じゃないものもある。デモクラシーの決まりに従《したが》って、みんなの意見を取り入れたんだ。選挙と同じ、多数決で決める。

でも、指揮《しき》をとるのはぼく。だって、やっぱりぼくがはじめたことだから、ぼくがリーダーで、王様で、この物語の支配者《しはいしゃ》なんだ。

ほかにも考えていることはある。事件《じけん》の状況《じょうきょう》をあきらかにするための絵をテーマにして、アイディアを募集《ぼしゅう》したらどうかと思っているんだ。そうしたら、物語もいきいきしてくるからね。ブログも作ったらいいと思う。そうしたら、ぼくたちのミステリーについて、世界中のどこにいてもインターネットで検索《けんさく》することができる。奇抜《きばつ》でエキゾチックなアイディアを募集《ぼしゅう》する。だって、学校には日本語の先生や、ロシア語の先生という変わり種もいるからね。それから、それから、それから……考えてることはいっぱいあるんだ。この作品に誇《ほこ》りを持っている。手伝ってくれる友だちがいる。毎日学校で、みんなに会えるのが楽しみなんだ。

道徳《どうとく》の時間にぼくは、これまで書いたことをきれいに清書した。道徳《どうとく》の時間には、正しくまっすぐ書くのが似合《にあ》っていると思ったから。

ただ、担任《たんにん》のロゾフ先生はほめてくれるわけがなかった。ぼくは、先生がオオカミみたいに足音をしのばせて、ぼくに近づいていたことにぜんぜん気がつかなかった。先生はいつの間にかぼくの前に立ちはだかっていた。

「なにを書いているんだね？」

ぼくはびっくりして飛び上がってしまった。

「授業《じゅぎょう》の内容《ないよう》です。」

「いったいどの授業《じゅぎょう》だね？」

「え？　先生の……。」

「授業《じゅぎょう》なんてないよ。」

「どうしてですか？」

「だから、わたしは授業《じゅぎょう》をしていないからだよ。」

「どういうことですか。」

「先生はね、ストをしてるんだ。」

「じゃ、どうしてここにいるんですか。」

「よし、じゃあ、どうしてわたしがストをすることに決めたかを教えようか？　どうして、わたしはここにいるのにいないのか。どうしてわたしの授業《じゅぎょう》の時間に授業《じゅぎょう》がないのか。でもその前に質問《しつもん》がある。」

「はい、なんですか。」

「ダニー、いったいなにを書いているんだね。」

「なんでもありません。ぜんぜんなんでもありません。」

ぼくは紙をグシャグシャにした。そしてそれを口の中に放りこんで、飲みこんでしまおうと思った。

でも、ロゾフ先生のほうがすばやかった。先生はぼくの手から紙を取って、シワをのばし、それを読んで、ちょっと笑いはじめたけど、また読み直した。そして、書いてあることの重大さに気づき、顔色を変え、笑うのをやめた。声が出なくなった。けれども、またやっと声が出るようになったとき、ものすごく悲しい表情《ひょうじょう》になって頭をゆらしながらこう言った。

「ああ、こんなこと、ダニー！　ダニー、これはちょっとやりすぎだよ。行きすぎだ。」

声が出ない。なにも言えない。体が固まってしまった。打ちのめされた。あぜんとなった。ぼうっとなった。心臓《しんぞう》が止まったかと思った。そしてそのとき、物語の中のように、いますぐ消えてしまえたらどんなにいいだろうと思った。

14 裁《さい》判《ばん》

生活態度《たいど》に問題があると思われる生徒は、裁判《さいばん》みたいな会議に呼《よ》び出され、その生徒の処《しょ》分《ぶん》が決まる。広い部屋に大きなテーブル。難《むずか》しい顔をした人たちが並《なら》び、この会議を運営《うんえい》する人たちと、証人《しょうにん》たちはいるけど、裁判《さいばん》にかけられる生徒を助ける弁護士《べんごし》はいない（これはあんまりだ）。

今日、その「問題がある。」として呼《よ》び出された生徒は、ぼく。

ぼくは小さく見えたかもしれない。ゆれる木の葉みたいに、たよりなく見えただろう。でも、胸《むね》はドキドキ、やる気マンマンだった。矢のようにピンとのびた背筋《せすじ》。頭はカッカと燃《も》えるように熱かった。なのに、なぜか手は冷たくかじかんでいた。だれにも負けないぞっていう気持ちもあったけど、ちょっと泣きたくもあった。

この裁判《さいばん》みたいな会議に参列している人たち全体を見回した。校長先生、教頭先生、生活

指導《しどう》の先生、用務《ようむ》の先生、各クラスの委員たち、学校じゅうの先生たち（ぼくの知らない先生も何人かいる）、生徒たち（ぼくの知らないクラスの人たちもいる）、PTA代表（ぼくの両親はいない）、担任《たんにん》の先生、ぼくのクラスの委員。だいたいみんなきていた。みんなっていうのは、裁判《さいばん》で役に立ちそうな人たちなんだろうけど、ぼくにはなんの役にも立ってくれない。友だちに助けてもらおうと思っても、ぼくには友だちらしい友だちもいない。この会議室内でぼくのことをきらっていないのは、ぼくだけだ。

認《みと》めたくないけど、本音を言うと、ぼくだってこわいんだ。判決《はんけつ》を言いわたされるのがこわい。学校を追放になるかもしれない。ぼくはこの学校から姿《すがた》を消す。いなくなるってことは、死刑《しけい》になるようなものだ。ぼくは学校をやめさせられるかもしれない。どこかよそに行けって言われたらどうしよう。だれも知ってる人のいない学校へ。

たしかにぼくはこの学校がきらいで、先生たちともうまくいってるとは言えないけど、にくんでいるわけじゃない。先生だと思うと逆《さか》らいたくなっちゃうんだ。ぼくには「勉強をしない。」っていう悪いくせがついてしまった。「先生の言うことを聞かない。」とか、「学校の決まりを守らない。」ことが、ぼくの悪いくせとはわかっていても、自分の習慣《しゅうかん》をガラリと変えたり、なにもかも一からやり直したりするのはいやだ。

それに最近、ちょっとは「友だち」って呼《よ》べるような新しい友だちが何人かできたんだ。こういうことをいろいろ考えていたら、校長先生が立ち上がった。「言いわけは絶対《ぜったい》に聞かないよ。」というこわい顔をしていた。

「みなさん、本日ここに集まっていただいたのは、1年E組のダニーについて、話し合うためです。ダニーのおこなったことは、かなり重大です。ロゾフ先生の報告書《ほうこくしょ》と調査《ちょうさ》結果から、いくつか読んでみます。」

校長先生はそう言って、大きな用紙にまとめられたロゾフ先生のレポートをばさっと広げ、読み上げはじめた。ぼくは、こんど先生たちの物語を書くときには、みんなを、もっと思いっきり苦しめてやろうと心に決めた。

集まっているみんなが、わけがわからないというようすで、ひそひそ話をはじめた。

「静かにして！　とにかく聞いてください。」

校長先生が、ロゾフ先生の報告書《ほうこくしょ》を読み上げはじめると、先ほどまでひそひそ話をしていた人たちの中から、笑いをこらえるような声や、おもしろがっているような声が聞こえてきた。

校長先生は声を張《は》り上げた。

「これはとんでもないことで、危険《きけん》なことです。ダニーが書いた物語の中で、先生たちが、たとえば三角定規《じょうぎ》を飲みこんで苦しんだり、塩酸《えんさん》のプールでおぼれたりするんですよ。悪ふざけにもほどがあります。教師《きょうし》をなんだと思っているんでしょう？」

校長先生はつばを飛ばしながら、長い演説《えんぜつ》をはじめた。

「この学校を舞台《ぶたい》に、こんな物語を作るなんて！　はずかしいことです。内容《ないよう》はとっても暴《ぼう》力《りょく》的。なにを主張《しゅちょう》したいやら、中身はいいかげんきわまりない。いくら言論《げんろん》の自由と言っても、書いていいことと悪いことがあります。

ダニーの考え方は、あまりにも危険《きけん》です。まあ、こういうことは郊外《こうがい》の問題がある地区の子どもによく見られますね。そういう子たちはテレビばっかり見て、映画《えいが》で危険《きけん》なことを学びます。団地《だんち》では武器《ぶき》も出回っているし、犯罪《はんざい》もしょっちゅう起こりますね。だから子どもも悪くなる。しつけができてなくて、礼儀《れいぎ》知らずの子どもが多い。おとなでも目的なく暮《く》らしている人が多いからしかたないんでしょうか。」

教頭先生は、校長先生の話にまゆ毛をつり上げていた。ロゾフ先生は小さな声で、「校長先生、それは言いすぎです。」と言った。校長先生はしゃべるのをやめ、息を吸《す》いこんで、ぼくを見た。

「ダニー。なにか言いたいことがあるかね？」

「なにもありません。」

ぼくはさけぶように言った。頭にきていた。そして校長先生がこんなことを言うなんて、すごくなさけなかった。

ちょっとなみだがあふれてきた。すごくショックだった。校長先生がこんなにたくさんの、きびしい言葉でぼくを批判《ひはん》したことで、ぼくは、とっても傷《きず》つけられた気分だった。

「なにも言うことなんかありません。どっちみちなにを言ってもしかたがない。みなさんはぼくをすでに有罪《ゆうざい》と決めつけてるじゃないですか。」

「いいえ、そんなことはないわよ。ちゃんと説明する権利《けんり》はあります。そうすれば、みんなにもわかってもらえるはずよ。」

物理の先生が、ぼくをかばうように言った。

「校長先生は、ぼくのことをモンスターだと思っているんだ。ぼくをこらしめたいんだ。だったら、ぼくをこの学校から追い出せばいいじゃないか。もうどうでもいいよ!」

ついどなってしまった。

「ぼくを追い出せば先生たちは楽になるし、ぼくだってもう先生たちのことを気にしなくてすむし。」

ロゾフ先生が立ち上がって、急いでぼくのそばにきた。

「ダニー、落ち着くんだ。取り返しがつかなくなるぞ。もうなにも言うな。」

ぼくはなみだがこぼれないように、こぶしで目をゴシゴシこすった。先生たちにきらわれそうな言葉が、勝手にあふれてこないようにゴクンと飲みこんだ。ロゾフ先生がみんなに向かって言った。

「ダニーはとても頭がいい子なんです。ただ、いまはちょっとなまけているだけなんですよ。とても繊細《せんさい》な心の持ち主だと思いますが、残念なことにすぐにカッとなってしまう。ダニーが作る言葉にはセンスがあるが、勉強するようにって言われるといやな顔をする。ダニーはいっしょうけんめいがんばっているのに、その気持ちが教師《きょうし》には届《とど》かない。いいところも悪いところもある。それはみんな同じだと思います。ダニーには、とことんやらない反面、あきらめない強さもあると思います。」

「さて、次はクラス委員たちの意見を聞く番です。」

校長先生がそういうと、まずシンチアが口を開いた。でも声は出てこなかった。どうしたんだろう。電池が切れたの？

「シンチア？」

ロゾフ先生が声をかけた。

「言いたいことがなにかあるのかな。みんな待ってるぞ。」

シンチアはまた口を開いた。なんども話し出そうとしたけれども、死にかけている魚みたいに二回、三回と口をパクパクさせたあと、ついに大声で泣きはじめた。ロゾフ先生がかけよってなぐさめた。

「おい、落ち着けよ。だいじょうぶだから。」

なみだと鼻水でびしょびしょになった顔をして、シンチアは話しはじめた。

「ダニーには、ずっとこの学校にいてほしいです。やめさせないでください。」

「どうしてだ？　クラスのみんなはともかく、とくにシンチアは、ダニーの態度《たいど》や言うことにめいわくしていると思っていたけどね？」

ロゾフ先生はびっくりして聞いた。

「先生、わたしはダニーのことが大好きなんです！」

シンチアはわあわあ泣きながらさけぶように言った。

ぼくは思いっきりびっくりしていた。

自分の目も耳も信じられなかった。なんだって？

いつも気取ってて、模範生《もはんせい》のシンチアが、ワイルドで殺人犯《はん》のダニーのことを好きだって？

どうしたっていうんだ？　シンチア、どうかしちゃったんじゃないの？　病気？　うそつき？　でもすごく真剣《しんけん》に見える。

がまんできなくなった教頭先生が、

「シンチア、もうほかになにも言うことはありませんか。」

って聞いたとき、ようやくシンチアは、

「なにもありません。」

とたったひとこと、はっきり答えた。

シンチアが「たったひとこと」っていうのはいままでだれも見たことがないし、「なにもありません。」なんて、シンチアの口から聞いたこともなかった。

シンチアが「なにも」言わない、シンチアが無口になる……！　そんなことがあるなんて……弁護《べんご》にしてはなさけないものだった。でも、弁護《べんご》といえば弁護《べんご》だ。ぼくはなにがなんだかわからなくなった。シンチアがぼくを弁護《べんご》してくれるなんて、考えたこともなかった。

でもぼくにはドキドキする気持ちを、じっくりかみしめるよゆうはなかった。それどころか、クラス委員のシンチアが、ぼくをかばってくれたことにおどろくひまもなかった。校長先生が次の証人《しょうにん》に声をかけたから。

「もうひとりのクラス委員はだれだったかな？　なにか言いたいんじゃないかね？　どこにいるんだ？」

「ぼくです。」

ぼくは元気を取りもどして、はっきりした声で言った。

「でも、きみはもう言いたいことは言いましたよね。」

教頭先生が抗議《こうぎ》した。

「いいえ。」

ぼくは反抗《はんこう》的な態度《たいど》で言った。

「さっき処分《しょぶん》される側としての意見は言いましたが、クラス委員としてはなにも言っていません。」

みんなはびっくりした顔でぼくを見た。まあ、よく考えたらみんなの気持ちもわかるけど。

ロゾフ先生がぼくに向かってうなずいた。シンチアが応援《おうえん》するようにぼくを見ているのに元気づけられて、ぼくは立ち上がった。

そして、人生最大の演説《えんぜつ》をしたんだ。

15　ぼくは極悪人《ごくあくにん》

「ぼくがみんなを巻《ま》きこんだおかげで、クラスのチームワークが生まれたんです。クラスに温かいふんいきが出てきました。みんなで集まってひとつのことをやるから、仲のいいクラスっていう感じになりました。先生たちはそれに気づかなかったんですか。最近はケンカや言い争いがなくなって、仲良くできるようになってきました。お話作りのためにみんなが集まり、集中力がついて、ひとつにまとまりました。ぼくが書いたのは、ただの作り話です。作意はあっても悪意なんかなかった。夢《ゆめ》見て、そして笑って……それだけです。だれかを傷《きず》つけるためにやったんじゃないんだ。

たしかにぼくは先生たちをお話の中で痛《いた》い目にあわせました。でも、言葉はほんとうに人を殺したりできない。だれもほんとうに死んだわけじゃない。だってすべてぼくの頭の中で起こったことでしかないんです。じっさいにやろうなんて思ってもいなかった。学校のこと

を物語にしようと思っただけ。それをみんなに話してみただけ。それを書きとめただけ。思っていることを書いてなにが悪いんですか。表現《ひょうげん》の自由は? ぼくがいったいどんな悪いことをしたっていうんですか。人を殺しましたか。けがをさせましたか。暴力《ぼうりょく》をふるったというんですか。なぐりましたか。いいえ、そんなことは一切やっていません。もしかしたら先生方にショックをあたえたかもしれません。たしかにそれは認《みと》めます。ぼくは知らないまに先生方のことをもみくちゃにして、気まずくさせて、怒《おこ》らせたようです。でも、学校のみんなを笑わせたこともたしかです。みんなに夢《ゆめ》を見させてあげたとも思っています。先生、夢《ゆめ》を見ることは悪いことですか。

ぼくは自由を夢《ゆめ》見たんですが、それは悪いことなんですか。ぼくは先生のいない世界、学校のない世界を夢《ゆめ》見てしまいました。でもそれはぼくひとりじゃなかった。この冒険《ぼうけん》にクラスメートも巻《ま》きこみました。クラス委員のひとつの役目として、クラスをまとめるということがありますが、同じだと思います。革命《かくめい》の国、人権《じんけん》の国です。

ぼくは宣言《せんげん》します。『フランスは自由の国です!』」

こおったような沈黙《ちんもく》の中で席についた。

その沈黙《ちんもく》はすぐに破《やぶ》られた。おどろきの歓声《かんせい》が上がったから。ぼくに賛成《さんせい》する声もところどころで聞こえた。シンチアの笑顔。ロゾフ先生が親指を立てて「いいね。」と合図しているのが見えた。物理の先生がぼくにウインクしていた。校長先生のこまったような表情《ひょうじょう》も見えた。

「みなさん静かにしてください。シンチアとダニーは外に出て。そのほかの人たちと、ダニーの処分《しょぶん》について話し合います。」

シンチアとぼくはふたりっきり、ぎこちなく、一対一で向かい合って、おたがいの足元と壁《かべ》を交互《こうご》に見ながら考えた。なんて言ったらいいのか。それとも、なにか話し合ったほうがいいのか。いままで敵《てき》みたいだった相手にかばってもらって、ぼくは、シンチアになんと言ったらいいのかわからなかった。

ぼくが、ぼそぼそした声で「ありがとう。」と言うと、シンチアはそっけなく「あの演説《えんぜつ》、よかったわ。」と言った。そのあと上目づかいでおたがいをちらちら見ながら、ぼくたちはだまりこんだ。それから、にっこり笑い合った。やがて、大笑いになった。相手の手をたたいた。いつものおしゃべりがはじまった。

そのとき、ドアが開いた。

「ふたりとも部屋に入って、会議で話し合われたことについて聞くように。」

「ダニー、全員一致《いっち》の決定で、停学処分《しょぶん》を言いわたします。しばらく学校にこないでください。」

がーん。お先真っ暗。

「停学は八日間です。この期間中、自分が書いたこと、したことについて、よく考えてください。くわしいことは担任《たんにん》の先生から、説明を受けてください。明日の朝八時に学校にきて、停学の通知と、その期間中にやる宿題を取りにきてください。これだけの処分《しょぶん》ですんで、ダニー、きみは運がよかったよ。」

「ありがとうございます。」

ぼくは小さな声で言った。そうだね、運が良かったと思う。飛びはねながら部屋を出た。

ぼくは自由の身だ！

16　言葉の力

自由の身になった？　学校から追い出されなかったんだから、たしかにそうかもしれないけれど、思ったほど自由じゃない。会議の次の日、八時きっかりに、ぼくは職員室《しょくいんしつ》でロゾフ先生と会うことになっていて、むしゃくしゃしていた。

いつもより早く起きて、ほかの生徒が登校する前に学校に行かなきゃならないなんて、学校を休んでいる意味がないじゃないか。

ぼくはまじめできびしい先生のお説教を聞く気なんてないし、この（せっかくの）休み中に、宿題がたくさん出されるなんて……あ……そうか、休みじゃなかった。停学だったんだね。

でもちょっとおどろきだったのは、ロゾフ先生の話し方が、とってもやさしかったこと。

「ダニー。ちゃんと朝ごはんを食べてきたのか？」

ぼくはキョトンとして先生を見た。

「もちろん、朝ごはんなんて食べてません。いつも朝ごはんは食べません。」

「あー、それはいけないなあ。『腹《はら》が減《へ》っては戦《いくさ》ができぬ』っていうことわざ、知らないのか？　おなかが減《へ》ってると元気に過《す》ごせないぞ。」

ぼくがおどろいているのをよそに、先生はパンの入った紙袋《かみぶくろ》を取り出し、自動販売機《はんばいき》でココアとコーヒーを買って持ってきた。

「ダニーにはココアにしたよ。コーヒーはだめだ。それ以上興奮《こうふん》したらこまるからね。」

ぼくはなにか口答えしようと、先生のすきをねらっていたんだけど、ロゾフ先生がやさしい目でぼくの顔を見ているのに気づいて、「ありがとうございます。」のほかにはなにも言えなかった。先生はまた話しはじめた。

「まず、ダニーがやらなければならないことについて、ふたりでじっくり話し合いたいんだ。ダニーの昨日の演説《えんぜつ》は、見事だったよ。あんな演説《えんぜつ》ができるなんて、表現力《ひょうげん》が優《すぐ》れている証拠《しょうこ》だ。それになんと言っても、ダニーがひどい罰《ばつ》をあたえられずに済《す》んだのはやっぱり、昨日のダニーの言ったことが大きくひびいていると思うんだ。」

「はい、ぼくもそう思います。」

「だったら、言葉の持つ影響《えいきょう》力について、ダニーにはわかっているはずだよね。良くも悪くも影響《えいきょう》するんだ。」

ぼくは先生にもらったパンをガツガツ食べている最中だったので、なにも言えなかった。でも、先生の言うことには耳をかたむけて、よく聞いていた。ロゾフ先生の口から出る言葉、話す内容《ないよう》をじっと聞いていると、この先生が「おもしろくない先生」ではないということがよくわかった。

「たしかにダニーが言ったとおり、言葉は肉体的に人を傷《きず》つけたりはしない。でも、人によっては外から入ったアイディアを、行動にうつす人だっているんだよ。そういう人たちは、ほんとうにだれかを痛《いた》めつけたりするんだ。ダニーが書いたことをいいアイディアだと考えただれかが、行動にうつすかもしれないと、思ったことはないのかね？」

「そんなことできるわけがないじゃないですか。先生。」

「ダニーがいろいろ書いた中には、ちょっとへんな人ならやりそうなこともあったじゃないか。」

「たとえば数学の先生の目をコンパスで刺《さ》すとか?」

「わあ、そんなことを書いていたのか。それは知らなかった。そう。それだったらやれそうだ。」

「でも、だれもそんなことやらないでしょう。ざんこくすぎるよ。」

「それはどうかな、ダニー。世の中にはおかしなことをする人がいっぱいいるんだ。子どもの中にもね。」

ぼくは考えた。

「ぼくよりおかしな人がいるってことですか? ぼくはだれかを肉体的に痛《いた》い目にあわせてやろうなんて考えたこともないです。背中《せなか》をポンとたたいたりすることもだめですか? それって暴力《ぼうりょく》?」

「たしかに、言葉はだれかを殺したりしないかもしれない。でも、だれかの心を傷《きず》つけることもある。肉体的に痛《いた》い目にあわせなくても、精神的《せいしんてき》に深い傷《きず》になるかもしれない。言葉には人の心を傷《きず》つける力もある。自分が人に好かれていないって感じたら、だれだっていい気持ちがしないだろう?」

「それは、ぼくにはだれよりもよくわかります。」

「だろう？　先生たちだってそうなんだよ。」

「ぼくは先生を傷《きず》つけたんですか。」

ロゾフ先生をこんなそばで見て、先生の話を聞いている。でも、いつものように《先生》の話を聞くというよりは、だれか……そう、自分と同じようなだれか……身近な存在《そんざい》のひとりの人間を前にしているんだと、しみじみ思った。さっきまでなんとも思わなかったのに、先生を傷《きず》つけたのかと思ったら、ぼくは急に居心地《いごこち》が悪くなった。

「そうだなあ、ちょっとね。わたしだって、ふつうの人と同じだよ。きらわれていると感じて、いい気はしない。だれにでも心があるんだよ。」

先生はほんとうにそう思っているらしかった。

「先生にも、ですか？」

「なんだよ、ダニー！　じょうだんだと思うのか？」

「先生もぼくたちみたいに傷《きず》つくとは思ってなかったから……ちょっとびっくりしました。」

「ああ、そうだよ。意外かもしれないけどね。先生たちにだって、ハートはあるのさ。」

「でも、かたいハートだと思ってた。」

「そうだなあ。クルミみたいにかたいかもしれないね。」

「割ろうと思ったら割れる。」

「でも、中にはおいしい実が入ってるぞ。」

「カラに守られてる実？　やわらかくておいしい実のようなハート……。」

「そうそう。こわれやすいから、カラに包まれてるんじゃないかな。人の心は傷《きず》つきやすい。生徒たちがみんな、『先生なんかいなくなればいい。』と思っているなんて、やっぱりショックだ。先生たちの気持ち、わかるだろう？」

「でも、ほんとうに、死んでほしいなんて思っていない！」

「信じられないほど苦しい拷問《ごうもん》にかけられて。」

「そんなこと本気で考えてない！」

「とっても痛《いた》い。」

「ほんとうに？」

「ほんとうに、だよ。ダニー。」

ロゾフ先生は真剣《しんけん》そうな低い声で言った。ぼくはなにも言えなくなってしまった。反省しないわけにはいかない。ぼくも深刻《しんこく》に考えた。そして気づいた。

「ああ、ぼくは先生たちを傷《きず》つけたんですね……。」

ぼくたちはしばらくの間、口を開かず、それぞれの温かい飲み物をすすりながら、菓子《かし》パンを食べた。それから先生は、また話しはじめた。

「これからダニーにやってもらうことは、おしおきじゃない。そうだなあ、ちょっとした罰《ばつ》ゲーム。敗者復活戦《ふっかつ》だよ。」

「どういうことですか。」

「ダニーが先生たちのことをあまり好きじゃないっていうのはよくわかったよ。そして、先生たちに学校から消えてほしいと考えていることもね。でも、先生たちのことを尊敬《そんけい》はしているし、先生たちがやっていることにも価値《かち》があると、わかってくれていることを、証明《しょうめい》してほしいんだ。」

「ええ～。そんなこと、ぼくにできるかな？」

「一週間、この学校の先生たち全員に、感謝《かんしゃ》の手紙を書いてもらう。ひとりひとりの先生たちのいい面を探《さが》し出して、先生たちの長所を取り上げた文章にしてもらいたい。きれいな文章作りが要求されるし、心のこもった内容《ないよう》で書いてほしい。」

「でも、ぼくがその先生のことを尊敬《そんけい》していなかったらどうするんですか。そんなにちゃんとした文章が書けなかったら？」

「そうなるように集中するんだ。ダニーなら絶対《ぜったい》書けるよ。」

季節はずれのバカンスのような、島流しにあってるような、不思議な一週間。ぼくはがんばって、先生との約束に取り組んだ。たまにぐちぐち言ったり、ときには楽しんだりしながら、各先生への感謝《かんしゃ》の手紙を、詩の形で書いてみたりもした。文章の形式はもちろん、その先生の特徴《とくちょう》に合わせた。これまでその先生のことを注意して見ていなかったせいだろうか、ときにはいったいどんな形式にしたらいいのか、さっぱり思いつかないこともあった。

ぼくはようやく学校中の先生について書き終わった。「先生たちなんか、どうにでもなれ！」と思っていたころは、あんなにきびしい言い方で先生たちのことを書いていたのに、いま、先生たちの長所を探《さが》して、感謝《かんしゃ》できることはないかと、よく注意しながら書いた文章は、とってもなめらかで、読みやすい文章になっていた。

17　戦争は終わり？

ぼくもおとなしくなっただろうって？　落ち着いてきた？　きちんとしてきた？　天使みたいになった？　聞き分けのいい子になった？　模範的《もはんてき》な生徒？　先生たちのお気に入り？　シンシアみたいになった？

そんなわけないでしょう！　いろんなことがごちゃごちゃしてるよ。ダニーは変わらない。変わるとしても少しずつ。完全に変わることはない。そうでなければダニーとは言えない。ぼくはぼくだから、それでいいんだ。とは言っても、すでにもうちょっと前から、ぼくには気づいていたことがある。

「この学校には感じのいい先生もいるし、楽しくておもしろい先生もいるんだ。」ということ。

ぼくと先生たちとの関係は、まだまだギクシャクしていて、ときには爆発寸前《ばくはつすんぜん》になることもある。ぐちることもあるよ。「ああ、神様どうにかして！」って祈《いの》りながら、空を見上げ

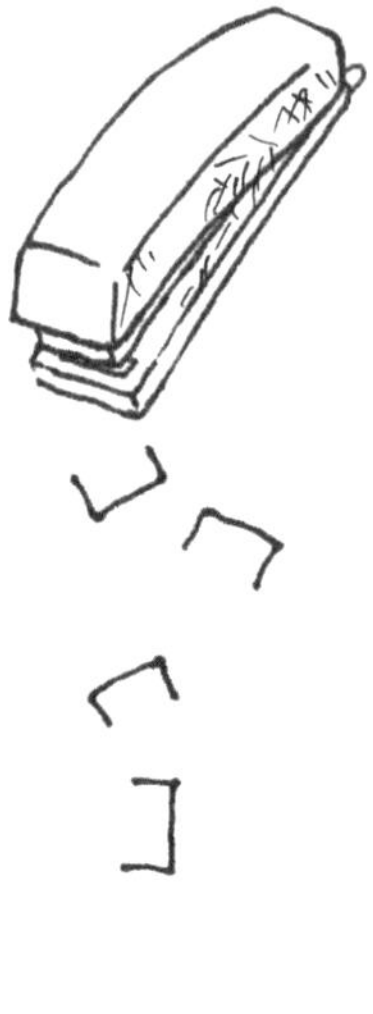

ることもある。「ちぇっ。」と舌打《したう》ちしたりテーブルの脚《あし》をけっとばしたり、先生のまちがいを指摘《してき》したり、口答えしたり、先生がなにか言うとその反対を言ったり……そういう態度《たいど》はあまり変わってない。

性格《せいかく》まで変えるなんて、一日じゃ無理。一学期でも無理。一年あってもダメ。一生あっても変えられないんじゃないかな。どうして性格《せいかく》を変える必要があるの？

ぼくはまた新しいノートを買わなければならなくなった。だって書くことが多すぎて、もうぜんぜんスペースがなくなってしまったから。いまでも居残《いのこ》りをさせられることもあるから、そのときにはいっぱい書かされるし、それに先生たちって、言うことがほんとうに多いから、そういうのを全部書きためていくと、ノートが何冊《なんさつ》あっても足りない。

みんなにとって、ぼくがわけわからないことをやっているように見えるときがあっても、ぼく自身はちゃんとわかってやっている。自分がやっていることが、いいことなのか悪いことなのかわかるようになった。ほんとうにイライラすることもたしかにあるけど、イライラしているように演技《えんぎ》することもある。ぼくはよく、悪い言葉を使うけど、だれにでも使うわけじゃない。えらそうにしている人にだけだ。

「学年末パーティーにPTAと来年度の新入生を集めて、学校を紹介《しょうかい》する予定なんだが、きみたち、運営《うんえい》委員としてクラスの代表で参加してくれないかな。」

ぼくとシンチアはロゾフ先生に呼《よ》ばれた。

「よろこんで！」

シンチアはうれしそうに引き受けたけど、ぼくはすぐに断《ことわ》った。

「残念ですけど、ぼくはそれには参加できません。勉強に集中しなければならないので、クラス委員の仕事には参加できません。」

「ほんとうかなあ？　ダニー、先生のこと、だまそうとしてる？　でも、いいだろう、ダニーのその態度《たいど》を認《みと》めるよ。そんなに立派《りっぱ》な言葉づかいができるなら、信用しようかな、って気になるよ。そうだね。ダニーは勉強に集中したらいい。いままでしなかった分を取りもどしてもらわないと。」

《まじめにやっていればだれにも文句《もんく》を言われない……。》これも今年ぼくが学んだことのひとつ。

たとえばだれかに対して、頭のかたすみで「うるさいなあ、放っておいてくれよ。」と思ったとしても、すなおに返事をしておけば文句《もんく》は言われない。言い方をちょっと変えるだけで、相手のきげんがよくなったり悪くなったりする。ロゾフ先生の言うとおりだったんだ。

《言葉には魂《たましい》が宿っている。》

使い方によっては、ののしる言葉や暴力《ぼうりょく》よりもパワーがある。ロゾフ先生の言ったことはうそじゃない。ぼくはちゃんと勉強するようになった。授業《じゅぎょう》もちょっとは聞くようになったし、先生に質問《しつもん》されれば答えるようになった。

「そんなはずがない。」って言われるかもしれないけど、授業《じゅぎょう》中に勉強したことを、ノートに取ることもある。

とは言っても、あいかわらず宿題はしない。「家でも勉強しなさい。」って？　そんなこといやだよ。でもぼくは最新の情報《じょうほう》をチェックしておいて、なんとか、まあまあの成績《せいせき》ぐらいは取れるようにしている。まあまあの成績《せいせき》っていうのは、よくも悪くもない成績《せいせき》。トップでもないけどビリでもない。たのみもしないのに、シンチアが休み時間に勉強を見てくれるんだ。

シンチアって……なんて言えばいいのかな。シンチアはシンチアなわけで、うーん、どう説明しようか、まあ、シンチアなのさ。ムカつくやつ！うるさいんだよね。カチンとくる。
でもシンチアは、ぼくの思っていなかったいろんなことに、目を向けさせてくれる。しょっちゅう「静かにしてくれ〜！」と思うけど、ときにはぎゅっとだきしめたくなることもある。信じられる？　かみつきたくなることもあるけど、もちろんそんなことしない。
ぼくはこの前、裁判《さいばん》にかけられたばかりだから、こんどなにか目立つことをやったらどうなるかわからない。だからまあシンチアのことも、小さい虫をあつかうみたいにやさしくして、たまにからかってみる。おさげを引っぱったり、小さな石ころをちょっとシンチアの足元にころがしたり。ときにはじーっと見ちゃうこともあるし、シンチアと目が合うこともある。そういうときには、にっこり笑ってあげる。サービス、サービス。

アーノーとメディは、いまやいちばんの仲間だけど、ほかのクラスメートだって大事だ。なんて言ったらいいのかな。みんな「友だち」だ。みんながみんな「いい友だち」ってわけじゃない。イライラさせられるやつもいっぱいいる。でもそれなりに仲良くできる。ぼくに感じよくしてくれる人たちもいる。そういう人たちとは笑い合えるし、遊べるし、食堂でいっしょに座《すわ》って食べたり、ちょっとしたふざけ合いもできる。そういう友だちといっしょにいるのはホッとできる。いい感じじゃない？　攻撃《こうげき》し合うのはなし。きらい合うのもなし。

でも気をつけて！　これでぼくの戦いが終わったわけじゃない。中休みって言うだけだよ。完全な終戦のサインをするには、ぼくが落第するかどうかの決定がかかっている。新たな戦いになるかどうか。進級できるのかできないのか。できなかったら号泣！　三学期の成績《せいせき》会議では、ぼくの成績《せいせき》が上がったことや、できるようになったこと、そしてぼくの友だち関係について……どんなふうに言われるのか？

いよいよ三学期の成績《せいせき》会議。この前の会議でぼくは大演説《えんぜつ》をやったけど、ロゾフ先生にはこんどの成績《せいせき》会議では、よけいなことを言うなって注意されていた。でも、そろそろ意見ぐらい言わせてほしいよ。せめて自分の弁護《べんご》ぐらいさせてほしいと思って、つい言いすぎてしまった。ロゾフ先生に、

「ダニー、いいかげん静かにしろよ。もうなにも聞きたくないぞ。」

と言われてしまったほど。ぼくはいばった態度《たいど》で、ロゾフ先生に反論《はんろん》した。

「先生たちは、ぼくの表現《ひょうげん》の自由の権利《けんり》をうばう権利《けんり》はないと思います。ぼくはクラス委員なんですからね！」

《クラス委員》という単語を強調してみた。でもロゾフ先生から、

「そういう態度《たいど》をとると、反対にほかの人からも、そういう態度《たいど》をとられるぞ。」

と言われてしまった。

「学級委員には権利《けんり》もあるが、義務《ぎむ》もある。ダニーには、この一年ずっと言ってきたじゃないか。聞いてなかったのか、ダニー？」

そこへ、英語の先生が口をはさんだ。

「ところで《義務《ぎむ》》についてですが……どうしてダニーは自分の義務《ぎむ》を果たそうとしないんですか。『生徒はまじめに勉強する。』っていう義務《ぎむ》があるでしょう。」

ぼくはなんとなく居心地《いごこち》が悪くなった。口の前に手を当てて「もうなにも言いません。」というしぐさをした。

「答えなさいよ！」

英語の先生はイライラした声で言った。ぼくは急に吐《は》き気《け》が起こったまねをした。体をゆらして気分の悪いふりをして、吐《は》きたいというしぐさをして見せた。

「ダメ……はなし……義務《ぎむ》……ううう。ゲゲ。」

吐《は》きそうな顔をした。こんな演技《えんぎ》は簡単《かんたん》。給食で食べたまずいもののことを思い出せばいいんだから。教頭先生が「ダニー、さっさとトイレにでも行きなさい！」と言った。ぼくはいすをたおしながらも立ち上がった。

（言われなくても出て行くよ。）

ろうかには出たけど、教室の前にいた。そしてドアに耳を当てて、ぬすみ聞きをする。中では大きな声でみんながぼくのうわさをしてた。

「ああ、ほんとうにあつかいにくい子！　あの子ばかりにかまってられないし、かといって、放っておくわけにはいかない。」

どうやらぼくって、ないないの王様なんだね。

「でもいちばん大事な成績《せいせき》について言えば、ずいぶんよくなりました。この成績《せいせき》なら問題ないでしょう。あの態度《たいど》は別として。いまの状態《じょうたい》ならば、成績《せいせき》のほうはもっとよくなるでしょう。だから進級させましょう。」

ぼくはろうかで飛びはねた。

「やったね！」

18　ハッピー

クラス委員はいつも気分がイインです。

またしても遅刻《ちこく》したので、ろうかにはもうだれもいなかった。しんとしたろうかをたったひとりで歩いていても、なんとなくワクワクする。ぼくはハッピー。気分サイコー！　学校にくるのも楽しい。今年度もあと二週間で終わり。いまごろになって、やっと楽しくなってきたぞ。

この一年、むだなことはなにひとつなかった。習いたかったことも、習いたいとは考えてもいなかったことまで、いろんなことを学んだ。学ぶ必要のあることがあまりにもたくさんあった。自分にはできないことや知らないことが、まだまだいっぱいあるんだということもわかった。自分の思っていることを言う。いろんなことを考える。新しいアイディアを思い

つく。どうしてそうなるのか説明する。人に好かれたいと思う。そうだ、人を好きになる気持ちのよさ。

ぼくはきらわれるのがいやだった。でもきらわれるようなことばかりやっていた。学校一のきらわれ者で「休み時間の悪夢《あくむ》」と言われたぼく。人のことまで考えられなかったし、自分を取《と》り巻《ま》くいろんなことが、ぼくにはどうでもよかった。

でも、近ごろのぼくは、たくさんのきたないビルの間にのぞいている、きれいな空や教室の外の風景にも目を向けるようになった。気がつけば外には太陽の光があふれていた。

うちも前よりいいムードになっている。ぼくが学校をやめさせられなかったことや、落第にならなかったことで、お父さんは息子《むすこ》を誇《ほこ》りに思っている。お母さんも、ホッとしたやさしい顔をしていて、大きな声を出さなくなった。弟たちはずいぶん大きくなって、ぼくといっしょになっていたずらをする。まだ小さい妹は日に日に女の子らしくなって、とてもかわいい。ぼくが学校から帰ってくると、妹はすごく喜んでくれる。手足をばたつかせて、うれしそうな声をあげる。

「ダダ、ダダ。」

歯のない口を開けてにっこり笑う。かわいい妹に「ダダ。」って言われると、ぼくはただの《兄バカ》になる。赤ちゃんみたいに歯のない口を開けて、一日中ぼーっと座《すわ》っているおばあちゃんにも、イラつかなくなった。お年寄《としよ》りにはやさしくしてあげないといけないんだ。学校で調子よくいっているると家でも調子いい。もしかしたら反対で、家で調子がいいから、学校でも調子いいのかもしれない。家も学校も、ぼくの毎日生活する場所だから、どちらも大事な場所なんだね。

ぼくは、あわてずに三階の英語の教室に向かっていた。いいアイディアがいろいろと思いうかぶ。ミステリーに関するブログはもうやらない。殺人現場《げんば》をイメージした絵のコンクールも取り消し。ロゾフ先生との話し合い以来、そういうのには興味《きょうみ》がなくなってしまった。その代わり、ほかの案が出てきたんだ。たとえば『宿題をやらなくてもしかられない方法』というマニュアル本を編集《へんしゅう》するとか、『言いわけ活用法』っていうテキスト。『先生たちを動物にたとえたら』とか『こんな学校があったら』がテーマの笑える本。ほかにもテーマはいろいろある。『月の学校』、『お菓子《かし》でできている学校』、『テレビの中の学校』、『地獄《じごく》の学校』なんてどうかな?

いまは教室のすみっこでひとり、そういうことを調べたり書いたりしている。新学期になったら新しいクラスメートにも提案《ていあん》してみるんだ。だってぼくは来年度の新しいクラスで、委員に立候補《りっこうほ》するつもりだからね。クラスの先頭に立つのは気分がいい。もうやめられない。クラス委員っていうのは、クラスメートから信頼《しんらい》されなければならない。人に信頼《しんらい》される人間になれたら、どんなにすばらしいかと思う。

ぼくはひとりで自由っていうのもいいけど、ひとりぼっちじゃないっていうのも好きなんだ。上にも下にも、自分のまわりにもたくさんの人がいてくれる。その中でも、ぼくのことをよく思ってくれるから、こっちも好きになれるという人もいる。クラス委員になってから、ぼくは「ひとりぼっち」ということがなくなった。なのでまた来年もクラス委員に立候補《りっこうほ》すると決めたんだ。まずクラス委員、将来《しょうらい》は市長（まだわからないけど、ギャングスターも同じようなもの？）、そのあと代議士《だいぎし》、そして大統領《だいとうりょう》もいいんじゃない？　それじゃなくても、なにか政府《せいふ》の役人！　文部大臣《もんぶだいじん》や教育省のお役人にもあこがれるかな。そしてぼくは、「休育省」っていうのを作るんだ。

ぼくは「先生のいない学校」「ポーカーの授業《じゅぎょう》がある学校」「レスリングやまんが教室の

ある学校」を夢《ゆめ》みている。もっと生徒にやさしい時間割《じかんわり》を作る（たとえば授業《じゅぎょう》は午前十一時から午後三時までで、授業《じゅぎょう》は週に三日、一か月に一回一週間の休みがあるとか）。窓《まど》とドアは開けっ放しで、好きなときに行きたい教室に自由に行ったり来たりできる。

「こんなところでいったいなにをしているんだ？」

ロゾフ先生の低い声で、ぼくはいきなり現実《げんじつ》にもどった。先生は向こうからこっちに歩いてきていて、ぼくは先生とぶつかった。

「はしからはしまで、走ってます。」

先生は大笑いした。

「なるほど、それはいい心がけだ。休むよりはいいぞ。」

「はい、ありがとうございます。先生。」

まさかほめられるとは思っていなかったから、ちょっとびっくりした。

「しっかり勉強しなさい。ダニーはいい弁護士《べんごし》になれると思うよ。」

先生はぼくとすれちがいながら、へんなことを言った。

「べんごし？　なんでぼくが？　勉強家でもないのに弁護士《べんごし》？　かんべんしてよ。」

最初はなんとも思わなかったのだけど、だんだんとこの「弁護士《べんごし》」という言葉が忘《わす》れられなくなり、頭からはなれなくなってしまった。

で？　弁護士《べんごし》って、ほんとうはどんな仕事？　お年寄《としよ》りの仕事っていうイメージ。どういう人がやってる？　どんな仕事なんだろう？　難《むずか》しいことばかり言ってる人っていう印象だけど？　手をバタバタ動かして話す、なんかへんな人じゃない？　どういう役に立つのかな？　牢屋《ろうや》に入れられた人を解放《かいほう》する？　人を助ける？　人の人生を変える？　しゃべることでお金がもらえる仕事？　それだったら、なかなか自分に合っているかも？

「先生、いまはとくに弁護士《べんごし》になりたいとは思ってないけど、もしいつか、なりたくなったらどうしたらいいんですか。」

ぼくは夏休みに入る前の日に、先生に聞いてみた。

「まず中学で、よく勉強しないとね。」

「よく、って？」

「まあ、とりあえず、ちゃんと学校に行って、教えてもらうことをちゃんと勉強しなさい。そのうち『よく勉強する。』ってことがどういうことかわかってくるから。」

「中学のあとは？」

「高校。」

「高校のあとは？」

「大学。」

「大学って何年ぐらい？」

「最低五年かな。」

なんだって〜〜〜？　息が止まるかと思った。

中学と高校と大学……あと十年以上も学校に通うの？　まるで無期懲役《ちょうえき》だ。一生牢屋《ろうや》に入るみたいなものじゃないか。絶望的《ぜつぼうてき》になった。永遠《えいえん》の学校生活をやりたい人なんている？　ぼくはいやだよ。それにそんなに長い間学校に行って、いったいなにを勉強するっていうんだ！

「法律《ほうりつ》だよ。」

ロゾフ先生が教えてくれた。

「弁護士《べんごし》になるには法律《ほうりつ》を勉強しなきゃダメだ。」

「法律《ほうりつ》？」

「社会がうまく機能《きのう》するために作られた、いろんな決まりだよ。」

「決まり、決まりって……ふん！　ほうりつなんて、ほうっておこう。」

ぼくは教室の壁《かべ》をけりながら、教室を出ようとした。

「こら！　そんなことしちゃダメじゃないか！」

いえいえ、ぼくは、ダメじゃないよ、ダニーだよ！

訳者あとがき

ダニエル遠藤みのり

学級委員に立候補《りっこうほ》したことがありますか？　自分ではしたいと思っていなかったのに、立候補《りっこうほ》させられたことは？　クラスにとって大切な役割《やくわり》を果たしてくれる人を選びましたか？　それとも、その子が好きだったから一票入れた？　あるいはそのクラスメートのことがきらいだったから、いやな仕事を押《お》しつけたかった？

ダニーはへそまがりで、ふまじめな生徒なのに、学級委員になってしまいました。ちょっと変わったスピーチで、クラスメートの気持ちを引きつけたからです。

さて、選ばれたからには、委員としての目標や約束を果たさなければなりません。学級委員になったダニーは、「クラスのことを考えたことはない。」とスピーチで言った通り、あまりクラスのために働く委員とはいえません。全部、同じ委員のシンチアに押《お》しつけます。それでも、学級委員にはいろいろな義務《ぎむ》があるので、シンチアといっしょに研修《けんしゅう》に参加したり、会議に出席したりしなければなりませんでした。そのおかげで、先生たちともふれあうことが多くなります。また、これまでただのクラスメートでしかなかったシンチアとの、特別なきずなが生まれました。

「ダニーはダメ。」じゃないと、わたしは思います。ダニーのように、思っていることをはっきり言えたらどんなにいいかと思います。ダニーは、先生たちをこらしめるために、こっそり物語を書きました。これによって、ダニーがいかにすばらしい表現力《ひょうげんりょく》を持っているか、みんなが気づくことになります。奇抜《きばつ》なアイディアで人の心を引きつけ、みんなを笑わせ、クラスメートが協力してくれるようになりました。そしてダニーはいつの間にか「学級委員らしく」クラスをひとつにまとめていきます。ただし、ダニーの作った物語は、先生たちには受け入れられませんでした。

「先生たちにもハートがある。」――そんなことを考えないで作った物語だったことに気づきます。どんなことでも、とにかく反発してみたいというそのへそまがりなダニーの性格《せいかく》は、だれのまねもしない個性的《こせいてき》な考え方を生み出します。でも、自分で決めて、自分でそうしたいなら、難《むずか》しくてもきっとできるのではないかと思います。また、問題が起こったときに、協力しようと手を差し伸《の》べてくれる人がいることに、ふと気づくことがあるかもしれません。

小さな教室で、偶然《ぐうぜん》であったクラスメートたちとの一年は、次にみなさんが出て行く大きな社会の縮図《しゅくず》です。どうぞ、小さな出会いと毎日の発見を大切にしてください。あなただけの良さを信じてください。そしてダニーが気づいたことのひとつでもありますが、何かを言ったり書いたりするときに、「人がどのような気持ちになるか。」を考えることのできる、思いやりのある人になってください。

ダニーの学校大革命

文研じゅべにーる

作　者　ラッシェル・オスファテール
訳　者　ダニエル遠藤みのり
画　家　風川恭子
発行者　佐藤徹哉
発行所　文研出版
東京都文京区向丘２－３－10
☎03－3814－6277
大阪市天王寺区大道４－３－25
☎06－6779－1531
http://www.shinko-keirin.co.jp
印刷所　株式会社太洋社
製本所　株式会社太洋社
表紙デザイン　株式会社アートグローブ
編集協力　市河紀子

2016年８月30日　第１刷
2018年５月30日　第３刷

NDC 953　160 p　22cm　A5判

ISBN978-4-580-82297-9